Cu toată prietenia,

MIRELA RETEGAN. Autor, blogger, mamă, antreprenor, *influencer*, antrenorul părinților, prieten, luptător pentru libertate, om de televiziune, om. De o complexitate umană și profesională rar întâlnită, de o sensibilitate uneori prea puternică, puternică și vulnerabilă în același timp, iubită și invidiată câteodată, formator de oameni, opinii și caractere, Mirela Retegan este un personaj, o personalitate, un magnet. Atrage succesul, evenimentele și oamenii de calitate. Ne place să îi fim în jur, să ne lăudăm cu prezența ei și să vedem cum mișcă lumea. Întotdeauna mai sus, întotdeauna într-un fel pozitiv, orice fel de energie, bună sau rea, devine combustibil pentru naveta pe care o îndreaptă, ca un autentic căpitan, spre stele. *Astăzi este despre astăzi*, un volum de gânduri și provocări, o carte despre prezent și priorități. A se citi cu mintea și cu inima deschise.

MIRELA
RETEGAN

ASTĂZI ESTE DESPRE ASTĂZI

CURTEA VECHE

Descrierea CIP a Bibliotecii Naţionale a României
RETEGAN, MIRELA
Astăzi este despre astăzi / Mirela Retegan. - Bucureşti :
Curtea Veche Publishing, 2017
ISBN 978-606-588-949-1

159.9

Editor: Grigore Arsene
Redactor: Ana-Maria Tamaş
Tehnoredactor: Chirachiţa Dogaru
CURTEA VECHE PUBLISHING
str. Aurel Vlaicu nr. 35, Bucureşti, 020091
redacţie: 0744 55 47 63
distribuţie: 021 260 22 87, 021 222 25 36, 0744 36 97 21
fax: 021 223 16 88
redactie@curteaveche.ro
comenzi@curteaveche.ro
www.curteaveche.ro

ISBN 978-606-588-949-1

CNI CORESI
Tipărit la C.N.I. „CORESI" S.A.

PARTEA I

…astăzi e și despre ropotul vieții,
despre imaginea din oglindă,
despre fantomele trecutului și despre iubire

Astăzi e despre astăzi

Ziua de ieri nu mai există. Gata, s-a terminat. S-a sfârșit cu toate câte s-au întâmplat. Astăzi e o nouă zi, și abordarea trebuie să fie tot nouă. Fără resentimente. Fără să mai ținem minte ce ne-au auzit urechile ieri.

Astăzi poate să ne surprindă în orice moment. În oricare mașină din trafic poate fi cineva care să ne zâmbească în așa fel încât să dea la o parte orice nor din fața soarelui care strălucește doar pentru noi.

În orice colț de parc există acel copac asupra căruia putem să ne odihnim privirile câteva secunde, iar noi putem oricând să ne ridicăm privirea ațintită asupra unui pătrățel de asfalt și să vedem cerul. Milioane de oameni așteaptă cuminți, în case, în birouri, în mijloace de transport în comun, ca să le spună cineva: „Bună!"

Astăzi e o nouă zi.

Fă un pas înainte în ziua asta ori stai cuminte și lasă ușa deschisă să poată intra toate gândurile bune, toate acțiunile frumoase, toate întâmplările nemaiîntâmplate.

Astăzi e o nouă zi.

Astăzi ai din nou șansa de a o lua de la capăt. Cunoaște un om nou, gustă ceva ce nu ai mai mâncat, fă un gest care să-ți schimbe perspectiva asupra întregii zile.

Astăzi e o zi numai pentru tine.

Suflecă-ți mânecile și apucă-te de lucrul acela pe care îl tot amâni. Pune mâna pe telefon și pune capăt poveștii care te tot trage în ziua de ieri și nu te lasă să intri în ziua de mâine.

Astăzi e cea mai potrivită zi să faci tot ce ți-ai propus. Îmbracă-te cu ce-ți place, cumpără un lucrușor care să te facă să zâmbești, uită-te în jurul tău la oameni și bucură-te. Ai o zi întreagă în care să faci ce vrei tu. Alege lucrurile care îți aduc fericire.

Lasă-l pe ieri în spate cu toate emoțiile neplăcute. Ia-le doar pe cele care ți-au făcut bine și alege să privești Partea Bună din tot ce ți s-a întâmplat. Fii tu Partea Bună din viața ta și a celor pe care îi întâlnești.

Pentru ieri e prea târziu, pentru mâine e prea devreme. Astăzi se întâmplă doar astăzi.

Astăzi e despre astăzi.

Totul este despre mine

Am atâtea lucruri de învățat despre mine înainte de a învăța totul despre sex, despre mâncare, despre iubire, despre trădare, despre politică, despre sport, totul despre ceilalți sau despre oricare.

Despre mine am de învățat cel mai mult și conștientizez în fiecare zi că totul este despre mine. Despre cum mă înalță și mă coboară ceea ce fac, despre cum mă slăbește sau mă îngrașă ceea ce mănânc, despre cum mă bucură sau mă întristează ceea ce iubesc, despre cum mă simt când vin sau când pleacă oamenii din viața mea. Fără nicio urmă de ipocrizie și cu riscul că aș putea fi înțeleasă greșit, cred că viața mea e despre mine. Și viața ta e despre tine și viața fiecăruia e despre el. Fiecare pas înainte e o competiție cu mine. Fiecare succes e al meu. Fiecare cădere îmi aparține și fiecare ridicare e muncită cu toți mușchii mei. De fiecare dată când am luat-o de la capăt a fost decizia mea. Fiecare kilometru alergat a fost cu mine, al meu. Fiecare kilogram pus și fiecare kilogram dat jos au fost ale mele. Fiecare hohot de râs mi-a aparținut, așa cum fiecare lacrimă a fost a mea sută la sută.

E despre noi. Suntem singurii care ne putem crea sau ne putem distruge viața. Oricât de simplu ar fi să putem da vina pe cineva, nimeni nu se poate ridica în locul nostru, nimeni nu poate să rezolve o problemă făcând pasul în lateral pe care trebuie să-l facem noi, nimeni nu poate merge pe drumul pe care trebuie să meargă alt om.

Tot ceea ce fac e despre mine: felul în care iubesc sau urăsc, felul în care îmi cresc copilul, felul în care mănânc sau mă mișc, felul în care îmi împlinesc visurile. Fiecare succes îmi aparține și fiecare eșec pot să-l depășesc doar eu.

Viața mea e despre mine.

Punct.

Dintr-o revoluție în alta

Singurul drept pe care mi l-am câștigat în stradă a fost libertatea. În frig, cu mâinile înghețate, cu corpul amorțit de ger, am stat în stradă și am strigat: „Libertate!“ Am luptat pentru libertatea mea, la propriu: cu teama, cu întunericul, cu amenințările, cu frigul, cu foamea.

M-am născut într-o familie care se supunea regulilor unei societăți bolnave. Am învățat la școli unde disciplina în executarea comenzilor era singurul criteriu de evaluare. Mi s-au interzis foarte multe lucruri: de la muzică, mâncare, întâlniri până la călătorii. Mi-era interzis să gândesc cu mintea mea și să mă exprim în concordanță cu ceea ce credeam. Trebuia să fiu cine au ales ei să fiu. Singurul „drept“ pe care îl aveam era să fiu ca toată lumea.

Ei bine, mi-am câștigat libertatea de a fi altfel. Am stat zile întregi în stradă, am mărșăluit și am strigat, iar într-un final am învins. Sunt un om liber să fiu eu. Mi-am câștigat acest drept în stradă. Aveam aproape douăzeci de ani. Îmi începeam viața. Liberă. De atunci nu m-a mai supus nimeni. Niciun sistem, niciun partid, niciun bărbat, niciun interes, niciun șef, nicio nevoie. Nimeni nu a reușit să mă pună în genunchi. Nu m-am lăsat folosită și nu au reușit să mă sperie.

Nu am luptat în stradă de dragul cuiva, nu m-au putut cumpăra, nu m-au putut intimida, am rezistat cu pumnii încleștați și de-atunci nu a mai fost nevoie să lupt vreodată pentru libertatea mea. La douăzeci de ani am înțeles că, uneori, e nevoie de o revoluție ca să închei o etapă a vieții. Și când simt că lucrurile nu se schimbă firesc, „ies în stradă". Scriu pe blog, urc pe scenă, mă duc în munți sau stau în câte-o biserică. Și fac revoluții. Unele sunt doar cu inima mea, altele cu mintea, uneori fac revoluții în relațiile cu cei apropiați, iar altele în munca mea.

O revoluție te conduce obligatoriu spre o evoluție. Nu mă tem să le declanșez. Știu că nu e confortabil. Că mai sunt și pierderi, că nu toată lumea înțelege și nu toți sunt de acord. Dar eu cred în creștere și, deocamdată, nu am găsit altă cale. De fiecare dată când sunt într-un blocaj, în mintea mea răsună cuvintele pe care le scandam acum aproape treizeci de ani: „Singura soluție, înc-o revoluție."

Fiecare avem revoluțiile noastre. Eu le conduc pe ale mele. Stau în linia întâi și poate participa oricine. Și eu particip la revoluțiile altora dacă simt că vor produce și în viața mea efecte pozitive. Dacă simți că nu ești liber, că ești limitat, închis, blocat, restricționat... fă o revoluție. Recâștigă-ți toate drepturile pe care le ai ca om atunci când te naști.

Astăzi trăim într-o lume care ne lasă să fim cine suntem, să spunem ce gândim, să alegem ce ne place. Dacă te-ai nimerit lângă un om, într-un colectiv, într-o situație care-ți îngrădesc libertatea, fă o revoluție. O să fie revoluția ta și o să-ți schimbe viața. Va fi o evoluție.

Prima primăvară din restul celor mai frumoase

Eu îmi fac singură jucării. Așa de bine cum mă distrez eu nu mă distrează nimeni. Eu nu aștept să mă ducă cineva la film, eu mă duc singură. Nu aștept să mă invite cineva într-un club. Îmi fac program și invit eu oameni dacă vreau asta. Nu stau supărată între patru pereți pentru că X sau Y nu m-a invitat la o cafea. Îl invit eu, dacă vreau să beau cu el, sau mă invit singură în cele mai sofisticate locuri.

Au fost vremuri în care îmi asociam jucăriile, bucuriile cu diverși oameni. Mai am prieteni care, deși sunt trecuți de patruzeci de ani, dacă le spui de un eveniment, dacă îi chemi într-un loc, întreabă imediat: „Cine mai vine?“ „Merg io, ce, nu ți-e de-ajuns?“ Îmi place să răspund cu sarcasm... de fapt, îmi plăcea, pentru că nu mă mai interesează deloc această abordare. Acum mă duc doar unde vreau, cu cine vreau și, dacă nu vreau, nu mă duc.

Acum îmi planific singură și timpul, și vacanțele, și întâlnirile, și nopțile pe care le pierd, și zilele pe care le câștig. Știu exact cu ce cărți joc în mână. Și mai știu că, dacă eu organizez un eveniment și cineva nu ajunge la el, este pierderea lui. Așa cum știu că, dacă nu mă duc unde sunt invitată, e pierderea mea, nu a celui care m-a invitat. Că evenimentul lui se va desfășura la fel de bine și fără mine. Încerc să ajung acolo unde știu că e important pentru celălalt să fie susținut.

Asta e o altă poveste. Există evenimente care prin simpla ta prezență câștigă un plus de credibilitate.

Vorba bunică-mii: nunțile, botezurile și înmormântările se fac cu oameni. În rest, să ne bucurăm după pofta inimii și să nu stăm cu mâna întinsă, cerșind atenție.

M-a inspirat pentru acest articol Mihai. Este prietenul meu. E țintuit într-un scaun cu rotile de când a avut un accident și a rămas paralizat de la brâu în jos. Mihai e un munte de bărbat care, din păcate, nu mai stă în picioare. M-am întâlnit de curând cu el la mall. Ne-am pupat, ne-am îmbrățișat și l-am întrebat:

— Ce faci?

— Mă duc la un film.

M-am uitat în jurul lui, crezând că așteaptă pe cineva...

Nu, Mihai nu aștepta pe nimeni. Mihai venise singur să-și facă lui o bucurie. Nici măcar pe el, care e în scaunul cu rotile, nu trebuie să-l ducă nimeni nicăieri. De ce să stau eu să mă care cineva?

În spatele casei mele e o pădure. E plină de floricele albastre. Am ales să-mi beau cafeaua pe o bancă din pădure. Și mi-am dat seama că nu trebuie să merg până în Bali ca să aud ciripit de păsărele. E lângă noi, la doi pași. Toți avem o pădure, un parc, un loc sub soare unde ciripesc păsări. Fă acest pas și ieși din zona de confort. Să fie asta „prima primăvară“ din restul celor mai frumoase primăveri din viața ta!

Primăvara începe cu mine. Pur și simplu!

E destul să te uiți puțin în jurul tău ca să-ți dai seama că poți fi soarele, care astăzi stă ascuns în spatele norilor. Trebuie doar să-ți amintești că făcând altora o bucurie îți faci ție ziua frumoasă.

M-am dus la piața unde opresc de obicei. Am vrut să cumpăr niște flori.

— Ai primit mărțișor, mamaie?

— N-am primit, fata mea, de ani de zile, cine să se mai gândească și la bătrâni?

Atât mi-a trebuit. Am cumpărat o mână de mărțișoare, brățări, și le-am împărțit tuturor vânzătorilor din piață.

Emoția și bucuria lor a fost cel mai frumos mărțișor pentru mine.

Să tot vină primăvara!

„Fericirea are chipul tău“[1]

Te uiți degeaba în stânga și-n dreapta. Cauți în zadar o imagine care să te facă fericit. Vei găsi lucruri care să te amuze sau să te întristeze. Dar niciun chip nu-ți va aduce fericirea ori nefericirea.

Nu mai da vina pe ceilalți pentru nefericirea ta. Ești singura persoană căreia îi datorezi atât fericirea, cât și

---

1. „Fericirea are chipul tău“ este o melodie din 1989, interpretată de Mihaela Runceanu. (*N. red.*)

nefericirea ta. Nici una, nici alta nu stau în mâinile altcuiva. Ești singura persoană responsabilă de aceste trăiri.

Nu-ți căuta fericirea în chipurile celorlalți. Nu vei găsi decât alți oameni care speră că fericirea are chipul altcuiva. Spre deosebire de ei, tu ai aflat acum: fericirea are chipul tău. Așa că ai grijă de el.

Împrospătează-l în fiecare dimineață. Hidratează-l. Hrănește-l. Curăță-l de toate impuritățile și lasă porii să respire aer curat. Ajută-l, dacă are nevoie să fie frumos.

Fericirea are chipul tău! Scoate-l la lumină!

Dumnezeu are grijă de cei care se lasă în grija lui

Eu nu sunt dusă la biserică decât de mama și de bunicile mele. Eu pe mine nu prea m-am dus la biserică, doar rar și numai atunci când am simțit că vreau să fac asta. Dar pot să spun că mi-am lăsat viața în mâinile lui Dumnezeu.

Te-ai întrebat vreodată pe mâinile cui, conștient sau inconștient, ți-ai lăsat viața? Pe mâinile partenerilor? A șefilor? Pe mâna soacrei sau pe mâna băncilor? Ți-ai lăsat viața pe mâna copiilor? Pe mâna cui ți-ai lăsat viața, acela are grijă de ea. Și el face cum se pricepe, cum a învățat și cum îi dictează propriile interese.

Eu cred că dacă îți lași viața în mâinile lui Dumnezeu, El are grijă de ea. Cum să-I ceri Bunuțului să aibă grijă de ceva ce nu e nici la tine, nici la el, ceva la care singur ai renunțat?

Eu i-am dat-o Lui în grijă. Iar de atunci, viața mea înflorește. În plan personal, profesional, fizic, emoțional, fiecare an e mai bun decât anteriorul, fiecare întâmplare e o lecție învățată, fiecare întâlnire are un rost.

Atunci când îți lași viața în mâinile lui Dumnezeu nu mai trebuie să stai cu ochii pe nimeni. Când mergi pe mâna Lui, ajunge să privești în sus.

Caută motive să fii fericit, nu motive de nemulțumire!

E ceva ce eu am înțeles la timp: lucrurilor care m-ar putea face nefericită nu le permit să ocupe prea mult spațiu în lumea mea.

Aș putea să fiu distrusă în fiecare zi. Aș putea să mă împiedic de oamenii care sunt neatenți, de statul care nu mă protejează, de trecutul în care nu am fost un copil crescut la casă cu piscină și șofer personal. Nu am avut toate jucăriile pe care le aveau ceilalți, nu am trăit poveștile de iubire pe care le-au cunoscut prietenele mele... nu mi s-au întâmplat multe lucruri. Dimpotrivă, mi s-au întâmplat lucruri pe care nu aș fi vrut să le trăiesc vreodată: am cunoscut respingerea, eșecul, am fost părăsită, înșelată, mințită, trădată, abandonată... Da' câte nu mi s-au întâmplat!

Ei bine, în fiecare zi aleg să stau departe de toate aceste întâmplări din viața mea și să pun în balanță toate lucrurile frumoase care s-au petrecut: m-am născut întreagă într-o familie de oameni frumoși. Am trăit lipsită de grijile supraviețuirii, departe de foame, de frig, de agresiune. Am ales ce vreau să fac cu viața mea și mi-am asumat toate deciziile. M-am dus la ce școală am vrut, m-am măritat cu cine mi-a plăcut, am trăit în ce oraș mi-a picat bine, am luat-o de la capăt când și de câte ori am vrut.

Astăzi, fac strict ce-mi place, mi-am construit o lume frumoasă în care mă bucur de întâmplări minunate, cu oameni care înțeleg exact ceea ce fac și care rezonează cu mine. În fiecare zi văd soarele, aud păsărelele. Aleg zilnic motivele care mă fac fericită.

Prefer să mă uit în sus și să privesc cerul decât să număr gropile din asfalt, prefer să ascult păsările din parcuri decât văicărelile celor din jurul meu, prefer să văd comedii decât să mă uit la știri macabre. Prefer, în fiecare zi, să fac ceva nou decât să mă plâng de vechiturile din jurul meu. Prefer să cunosc oameni noi decât să fiu nemulțumită de cei vechi și plafonați. Aleg să dau de pomană lucrurile care nu-mi mai plac decât să privesc încruntată în șifonier. Aleg să le zâmbesc oamenilor cu care mă întâlnesc, aleg să mă întâlnesc cu oameni care zâmbesc și aleg să zâmbesc eu înainte de a aștepta ca altcineva să mă ajute să zâmbesc.

Îmi caut singură motivele care mă fac fericită. Îmi arăt soarele, și luna, și iarba, și cerul. Eu fac pentru mine cele mai bune alegeri. Găsesc zilnic cele mai bune motive ca să fiu fericită.

Care ţi-e ieşirea de siguranţă?

Mă urc în avion și mă uit de fiecare dată unde sunt ieșirile de siguranță. Și dacă uit să fac asta, vine însoțitoarea de bord și îmi amintește: „Ieșirile de siguranță sunt în partea dreaptă. Vesta de salvare sub scaun și, în caz de depresurizare, folosiți măștile de oxigen." Unde ți-ai pus vesta de salvare? Unde îți este masca de oxigen?

Desigur, atunci când urc în avion, sper din tot sufletul că voi ajunge cu bine la destinație. Ba chiar cred asta cu toată ființa mea. Nu mă imaginez nicio secundă plonjând în gol. Și totuși... nu strică să știu unde sunt toate lucrurile care ar putea să mă salveze în ultimă și miraculoasă instanță.

Multă vreme nu am avut nicio vestă de salvare, pentru că știam că pot înota. Eram convinsă că măcar stau în plută, dacă nu mai pot să dau din mâini, deci nu m-am gândit nicio secundă să-mi pregătesc o vestă de salvare. La ieșirile de urgență nu m-am gândit niciodată, pentru că niciodată nu mi-ar trece prin cap cum să fug, cum să mă salvez.

Sunt sigură că în orice situtie aș ieși trăgând după mine niște oameni, împingându-i pe cei din fața mea pe tobogan sperând să se salveze, convinsă fiind că eu mă salvez oricum.

Iar povestea cu masca de oxigen nu am învățat-o decât foarte târziu. După ce m-au tot lăsat diverși și diverse fără aer.

Astăzi nu mai urc nicăieri și cu nimeni până nu mă asigur că am la mine vesta de salvare. Știu că pot înota, dar de ce să mă chinui, când aș putea pur și simplu să plutesc deasupra unei ape învolburate? De ce să lupt împotriva curentului, când pot să stau pe val și să mă ducă valul în voia lui? Sigur valul va ajunge, în cele din urmă, la un liman.

Încarcă-ți bateriile cu energia potrivită!

Să-i spunem „Povestea telefonului descărcat". Îmi este mai simplu să explic construind o poveste.

Recunoaștem greu că nu mai putem. Nu vrem să ne dăm bătuți, pentru că toată viața ni s-a spus să nu renunțăm. Mie mi-au trebuit patruzeci de ani să înțeleg că uneori trebuie să te oprești și că uneori trebuie chiar să renunți.

Există un preț pentru toate. Și dacă nu menținem un echilibru între ce dăm și ce luăm, ne trezim într-o zi fără energie.

— Adică, așa vlăguită, cum mă simt eu acum? m-a întrebat zilele trecute un suflet drag mie.

Era vlăguită și se simțea vinovată că nu e în culmea entuziasmului. Că nu țopăie de fericire și că nu are putere.

Acceptă când nu mai ai energie. Înțelege când nu mai poți. Oprește-te. Uite, vezi telefonul ăsta? E mut. Ecranul e negru. S-a oprit. Pentru că i s-a terminat bateria. Și până nu îl încarci cât timp e nevoie și potrivindu-i cablul necesar, el nu funcționează.

Degeaba ținem un telefon la soare. Nu îi este utilă acea energie. Putem să-l ținem cât vrem noi acolo și tot nu va funcționa. Uite, încearcă să formezi un număr de pe ecranul negru. Strigă cât vrei în microfonul unui telefon oprit. Nu te aude nimeni. Așa e și cu noi, oamenii. Uneori bateriile noastre se descarcă. Și atunci trebuie să acceptăm asta și să ni le încărcăm. Cum se pricepe fiecare mai bine. Citim, dormim, ascultăm muzică, ne plimbăm cu bicicleta prin pădure, mergem la mare, la munte, ieșim în oraș cu cineva drag, vedem un film, sau zece filme...

Nimeni nu știe mai bine decât noi care este energia potrivită pentru a ne încărca bateriile și nimeni nu are dreptul să cronometreze timpul de care avem nevoie ca să putem avea bateriile *full*. Dacă o să te lași la încărcat doar cât să ai zece la sută energie, tot în același punct ajungi.

E important să-i ajutăm pe cei pe care îi iubim să identifice momentele în care bateriile lor s-au golit. Și dacă ei nu știu, să-i ajutăm să caute energia potrivită.

Să-ți asculți instinctul nu te învață nimeni. E atâta gălăgie în jurul nostru, încât ne e din ce în ce mai greu să auzim firicelul acela de intuiție care strigă tare dinăuntrul nostru când nu ne e bine.

Când ți-ai încărcat bateriile ultima oară?

Nu mă mulțumesc cu ce am, ci mulțumesc pentru ceea ce am

Nu m-am gândit niciodată la cât de mare e diferența asta și cât de multe frustrări se pot naște atunci când te gândești că trebuie să te mulțumești cu ce ai. Nu. Nu trebuie să te mulțumești cu ce ai. Trebuie să nu renunți niciodată la ceea ce-ți dorești să ai. Trebuie să crezi mereu în visurile tale și să faci lucrurile despre care știi sigur că te vor împlini. Să nu dai voie nimănui să te oprească într-un loc în care tu să stagnezi. Să nu dai voie nimănui să-ți taie aripile și să-ți scurteze linia orizontului numai pentru că trebuie să te mulțumești cu ce ai. Am simțit și am crezut asta dintotdeauna, chiar dacă nu am fost conștientă niciodată de diferența dintre a te mulțumi cu ce ai și a mulțumi pentru ce ai. Nu m-am mulțumit cu locurile mele de muncă, am tins mereu spre mai mult. Am mulțumit, în schimb, pentru fiecare dintre ele și mulțumesc în continuare pentru fiecare întâmplare din viața mea. Fiecare loc prin care am trecut m-a ajutat să cresc și să ajung unde sunt acum. Astăzi, locul meu de muncă este suma tuturor locurilor de muncă prin care am trecut. Le mulțumesc foștilor mei șefi, le mulțumesc tuturor pentru tot ce am învățat că trebuie să fac sau că nu trebuie să aplic niciodată. Le mulțumesc foștilor mei colegi, de la care am învățat multe despre cum se face sau nu se face o meserie, despre cum se tratează sau nu se tratează un loc de muncă. Astăzi, pot să fiu un șef bun pentru că am fost un subaltern care a învățat multe din această poziție, despre cum și-au făcut treaba cei de care depindea treaba mea. Nu m-am mulțumit niciodată cu ce mi-au oferit, am vrut mereu mai mult, am crescut cu fiecare nouă provocare și le mulțumesc astăzi așa cum le-am mulțumit și atunci. Am fost un subaltern-provocare, nu am fost un subaltern-problemă.

Nu m-am mulțumit niciodată cu bărbații pe care i-am avut, chiar dacă îi mulțumesc fiecăruia în parte. Au fost povești frumoase, au fost provocări fantastice, au fost lecții de viață. Le mulțumesc pentru că sunt astăzi femeia care sunt și pentru că, împreună cu ei sau despărțindu-mă de ei, am înțeles foarte multe despre mine. Nu m-am mulțumit cu niciunul dintre ei. L-am iubit pe fiecare în parte, dar am știut că niciunul nu va fi acela cu care eu să trăiesc zi de zi, întâmplare de întâmplare.

Nu m-am mulțumit cu orașul în care m-am născut, chiar dacă ar fi putut să mă prindă acolo bătrânețile. Am vrut mai mult, așa că am plecat când am simțit că e timpul să merg mai departe. Dar mă întorc cu drag de fiecare dată prin locurile în care am trăit întâmplări frumoase din viața mea și le mulțumesc acelor pământuri din care mi-am luat energia. În fiecare zi vreau mai mult, în fiecare zi vreau mai sus, vreau mai bine, mai frumos, mai sincer, mai curat, mai profund, mai onest, mai cald, mai iubit...

Nu mă mulțumesc cu ce am. Dar mulțumesc în fiecare zi pentru tot ceea ce am primit. Pentru copilul minunat, pentru părinții extraordinari, pentru șefii mei de poveste, pentru prietenii mei calzi și buni, pentru colegii mei puternici și talentați, pentru orașul în care mă mișc ca peștele în apă, pentru țara în care îmi văd visurile cu ochii, pentru casa, patul, povestea, inspirația, aerul, sănătatea, fericirea din viața mea cotidiană.

A mulțumi pentru ce ai este mult mai mult și mult mai sănătos decât să te mulțumești cu ce ai.

Nu te mulțumi cu jumătăți de măsură!

Jumătatea de măsură mi se pare cea mai periculoasă otravă. Mai toxică decât emanațiile unei țevi de eșapament. Mai nesănătoasă decât toate E-urile din alimente. Mai periculoasă decât tutunul, alcoolul și mai nocivă decât aurolacul. Jumătatea de măsură nu se vede cel mai bine în farfurie sau în portofel. Se vede în inimă.

Să te mulțumești cu o jumătate de poveste sau cu o jumătate de iubire e ca și cum ai înjumătăți orice lucru din viața ta. Să te mulțumești cu jumătatea de măsură e ca și cum ai alege în fiecare zi să trăiești pe jumătate. Jumătate de zi, jumătate de noapte, jumătate de pasiune. Imaginează-ți că în miezul nopții, când toată lumea doarme, te ridici din pat și umbli de nebun pe străzi pustii... Că la jumătatea filmului te ridici și ieși din cinematograf. Că se oprește o piesă la jumătatea ei. Că te-ai da jos la jumătatea drumului și ai rămâne acolo, în loc să mergi spre casă.

De ce te-ai mulțumi cu un loc de muncă în care să simți că e doar jumătate din ce visezi tu să faci? De ce te-ai mulțumi să trăiești doar o jumătate de relație? Ce crezi că se întâmplă cu toate jumătățile neconsumate? Se adună într-o lume a jumătăților netrăite, nemâncate, nedormite și neiubite. Și de acolo, din lumea lor, te strigă. Ai văzut vreodată oameni vorbind singuri pe stradă? Cu privirea ațintită într-un punct? Ei bine, oamenii aceia vorbesc cu jumătatea vieții lor, care își cere drepturile.

Tot ce n-am trăit și-am fi putut trăi se socotește la capăt cu minus. Și cu cât sunt mai multe, cu atât atârnă mai greu. O jumătate de măsură cu încă o jumătate de măsură nu dau un întreg. Dau două lucruri neterminate. Două motive de privit înapoi cu regret. Două cârlige ce te vor ține agățat într-o nedefinită parte. Dacă nu vei avea curajul să treci dincolo, nu vei ști niciodată care jumătate ai trăit-o.

Nu-ți juca ocaziile pe jumătăți de măsură. Fii curajos. Ia în brațe toată povestea. Indiferent cum se va termina, vei merge mai departe cu sentimentul că ai consumat-o, nu cu senzația că te-a consumat ea pe tine.

Rămâi cine ești! Nu fi cine vor ceilalți să fii!

Uită-te în oglindă și încearcă să te vezi exact așa cum ești. Cu toate plusurile și cu toate minusurile. Cu rotunjimile și uscățimile tale. Cu toate formele personale. Uită-te la tine și încearcă o descriere. Când vorbim despre ceilalți, atunci când ne plac, găsim repede câteva atribute, legăm de numele lor câteva calități. Caută-ți calitățile și leagă-le de numele tău. Spune-ți cine ești. Transmite-ți gânduri frumoase despre persoana ta. Și apoi încearcă să îmbunătățești tot ceea ce crezi că poate fi îmbunătățit, fără să-ți schimbe structura.

Trebuie să rămâi tu, iar ceilalți să te vadă și să te accepte așa cum ești. Nu ai nevoie să te schimbi de dragul nimănui. Nu trebuie să te transformi și nici să te prefaci depunând efort să fii persoana cea mai frumoasă, cea mai cultă, cea mai slabă, cea mai bogată, cea mai inspirată, cea mai înțelegătoare, cea mai răbdătoare, cea mai, cea mai, cea mai. Este o poziție foarte greu de atins și imposibil de menținut. Mereu va apărea altcineva mai frumos, mai slab, mai bine îmbrăcat, mai bogat, mai răbdător. Dar niciodată nu va mai apărea cineva ca tine, poate doar cineva care să-ți semene. Poate cineva care să aducă aminte de tine, poate cineva care spune sau face unele lucruri așa cum le-ai fi făcut tu.

Tu ești unic! Așa cum ești! Cu toate plusurile și minusurile, cu centimetri în minus și kilograme în plus, cu apucăturile și sensibilitățile tale. Și sunt atâția oameni în jurul tău care au nevoie de tine fix așa cum ești! De ce te-ai schimba de dragul cuiva care oricum vrea mereu altceva?!

Sunt Mirela și sunt dependentă de telefon

Nu există nicio asociație a dependenților de telefon? Dacă știți vreuna, dați-mi și mie contactul, pentru că e clar, trebuie să mă tratez.

Mi-am dat seama, într-o bună zi cu soare, când mi-am uitat telefonul acasă, că sunt dependentă de el. Simțeam un ghem în stomac și-mi tremurau genunchii de fiecare dată când îmi aminteam că nu am telefonul. M-am trezit de nenumărate ori căutând prin buzunare sau în geantă acel obiect, care parcă mi se lipise de mână.

Nu am fost dependentă de nimic, niciodată. M-am lăsat când am vrut de fumat, băut, mâncat dulciuri, am renunțat la case, mașini, haine, nu m-am atașat de nimic în așa fel încât să simt că nu mai pot fără. Am renunțat la radio, la oameni, la locuri de muncă... O zi fără telefon mi-a dat dureri de cap și senzația că îmi lipsește un organ.

Nu e în regulă. Până la patruzeci și cinci de ani, nimic nu mi-a controlat viața. Acum, acest obiect pe care îl țin în palmă îmi dă peste cap prioritățile. Pentru că trebuie să se oprească această dependență, într-un fel și într-un anume moment, am fost de acord să fac o încercare.

Miercuri plec cu Maya într-o vacanță în Rodos. Am acceptat ca, la urcarea în avion, să-mi închid telefonul. Să-mi dezactivez toate conturile de socializare și să păstrez doar posibilitatea de a-i spune mamei: „Hristos a înviat!“

Cinci zile în care nu o să citesc niciun mesaj, nu o să dau niciun telefon, nu o să postez nimic, nu o să aflu nimic despre nimeni. Aoleu! Deja mă doare stomacul numai când mă gândesc! Copilul ăsta mă solicită și mă obligă să-mi depășesc toate limitele.

Credeți-mă: copii mici, provocări mărunte, copii mari, autodepășire!

Fiecare merge pe culoarul lui

Trebuie doar să ajungem la linia de sosire. Diferită pentru fiecare culoar. În ritmul nostru, dozându-ne energia, hidratându-ne, făcând câte opriri avem nevoie, grăbind pasul atunci când putem. Dar scopul e unul singur, să ajungem la linia de sosire, fericiți că am parcurs culoarul nostru după inima și puterile noastre.

Adică, doar atât? Despre asta e viața? Să nu trec eu puțin linia în culoarul vecin și să alerg umăr la umăr cu cel de lângă mine, ca să simt că am cu cine să mă întrec? Adică să-l las pe celălalt să fugă mai repede, când aș putea să fiu acolo și să-i pun o piedică?

Ni se pare îngrozitor de complicat tot ceea ce e, de fapt, îngrozitor de simplu. Dacă am sta fiecare pe culoarul lui și am lupta doar noi cu noi, sigur am trăi toți mai fericiți.

Nu rezolvăm nimic părăsindu-ne culoarul. Tot la finișul nostru ajungem. Numai că, în loc să fi făcut asta în spațiul care ne-a fost alocat, am stat în spațiul altora, luându-le și lor din aer și din energie. Culoarul meu e numai al meu și nu o să mi-l ia nimeni niciodată. Chiar dacă vecinul din stânga sau din dreapta fură din ideile cu care eu merg înainte, doar are senzația că a câștigat ceva. La linia de sosire e o tabelă pe care sunt trecute toate erorile, greșelile, furtișagurile. De fiecare dată când facem un lucru necuvenit sau emitem gânduri negative, ar fi bine să ne imaginăm asta.

Pe tabelă vreau să fiu premiantă. Aici doar alerg. Sunt maratonistă pe culoarul meu. Alerg pe cont propriu, îmi fac alergarea cât mai plăcută și, dacă e nevoie, din când în când, mă opresc doar dacă pe culoarul din stânga sau din dreapta mea e cineva căzut și vrea să-l ajut să se ridice. Nici măcar nu mai vreau să-l ridic eu. Poate omul vrea să învețe singur lecția asta, fără nicio mână de ajutor. Dar mă opresc să vadă că sunt acolo și că aș putea să-i întind mâna, dacă dorește. Știu din privirea lui ce am de făcut mai departe. În rest, îmi văd de culoarul meu. Îmi aleg singură antrenorii, preparatorii, eu simt cel mai bine cu cine mă potrivesc, în cine să am încredere că mă ajută să-mi dozez corect energia.

Am o singură țintă, finișul. Și un singur scop, o tabelă cu multe buline albe. Și pe astea o să le primesc sigur dacă o să-mi parcurg culoarul echipată corespunzător cu: iubire, răbdare, credință, compasiune, generozitate. Doresc să las în urma mea numai raze de Mirela.

Să zicem că mă răzgândesc

Da. Am dreptul ca un om să-mi displacă după tot ce am auzit despre el, iar, mai apoi, cunoscându-l mai bine, să-mi dau seama că el nu e așa cum spuneau ceilalți și să descopăr că, de fapt, îmi place. Am dreptul să mă răzgândesc.

Am dreptul să simt că mă enervează un bărbat, iar după un timp și o sumedenie de întâmplări am dreptul să mă răzgândesc și să-mi devină simpatic. Am dreptul să cred despre cineva că este minunat, iar după ce-l cunosc în profunzime să-mi dau seama că lucrurile nu stau așa și să mă răzgândesc. Am dreptul să cred că un anume obiect mă va face fericită, iar după ce îl am să-mi dau seama că nu e nimic din ce am crezut. Atunci am dreptul să mă răzgândesc. Am dreptul să mă despart de cineva și, după câteva zile, să-mi fie atât de dor, încât să mă răzgândesc. A te răzgândi înseamnă a zăbovi asupra unui gând. A-l întoarce pe toate fețele. A-i descoperi valențe noi. M-am răzgândit și în cazul unor obiective, dar și în privința unor oameni ori lucruri. Am dreptul să mă răzgândesc, și nimeni nu are dreptul să mă tragă la răspundere pentru asta.

— Ziceai că X e nu știu cum și că nu o să zăbovești mai mult de cinci minute.

— M-am răzgândit.

Acest răspuns ar trebui înghițit de celălalt pe nemestecate. Avem dreptul să ne răzgândim, iar ceilalți au dreptul să-și păstreze pentru ei părerile despre alegerile noastre. Și bine-ar fi ca noi, cei care ne exercităm dreptul de a ne răzgândi, să ne amintim, mereu, că avem și obligația de a nu judeca nici *gândelile,* nici *răzgândelile* celorlalți.

Trăiește momentul, nu trage de el până se rupe!

Momentele vin și pleacă. Așa, de capul lor. Și de cele mai multe ori, când te-aștepți mai puțin, te trezești în mijlocul unui moment. Atunci e bine să-l conștientizezi, să-l trăiești până la capăt și să-l transformi într-o amintire.

Există momente care ne plac atât de mult, încât am trage de ele să nu se mai termine. Și le întindem, le umflăm cu iluzii, ne agățăm cu unghiile de ele până când se sparg, se rup, fac poc. Dintr-un moment care putea să fie memorabil se transformă într-o fâsâială.

Sunt momente atât de dragi nouă, încât, disperați să nu le pierdem, le închidem în casă. Punem zăbrele la ferestre și trei rânduri de lacăte la uși ca să nu plece momentul. El nu pleacă. Rămâne al nostru. Dar își pierde strălucirea și se transformă într-un deținut din propria noastră închisoare. Noi stăm de pază la ușa momentului în care ne-am blocat și, în tot acest timp, trec pe lângă noi multe alte momente care găsesc geamurile și ușile ferecate.

Fiecare zi ascunde o mie de momente. Universul are momente pentru toată lumea. Doar că și momentele trăiesc după aceeași unică lege, valabilă pentru tot ceea ce există în univers. Ca să fim fericiți, trebuie să fim liberi să simțim, să gândim, să acționăm, să venim și să plecăm. Și momentele au nevoie să fie libere să vină, să stea și să plece.

Eu nu vreau să fiu slabă

Mi-e și frică să mă gândesc ce implică. Nu am fost niciodată slabă. Slabă, slabă, slabă, *skinny,* trestie... să fluture hainele pe mine. Nu am purtat mărimea XS din clasa a IV-a, iar S din clasa a VII-a. Nici nu mă uit în magazine la raioanele de haine mai mici de mărimea L. Acum am început să mai arunc un ochi la M. Îmi place M. Vine de la măsură, moderație, mijloc... și... de la Mirela.

Mie îmi place să fiu echilibrată. Nu vreau să fiu slabă. Dar nu vreau să fiu nici grasă. Vreau să-mi fie bine. Să am energie, mobilitate, să mă îmbrac cu hainele care-mi plac și care mi se potrivesc.

Vreau să fiu sănătoasă atât mintal, cât și fizic. Vreau să găsesc greutatea ideală pentru mine, acele kilograme pe care le port eu, nu acele kilograme care mă târăsc ele dintr-o parte în alta.

Nu vreau să fiu slabă, dar nu vreau să fiu nici grasă. Vreau să fiu bine.

Uite ce mamă frumoasă are copilul ăla!

Când auzi asta din gura propriului copil și îl vezi uitându-se cu admirație la mămicile altor copii, începi să te uiți și la tine.

Când am auzit-o pe Maya spunând, cu voce tare, în timp ce se uita după mama unui copil: „*Uite ce mămică frumoasă are copilul ăla*“, pentru prima oară am devenit atentă la mine. Se întâmpla acum vreo zece ani.

După naștere, am păstrat cele aproape o sută de kilograme ca pe un bun personal și le-am întreținut lună de lună, să nu cumva să-mi scadă comoara. Când ai aproape o sută de kilograme, nu prea ai de ales. Te îmbraci cu haine largi ca să maschezi colacii, îți iei încălțări joase ca să te miști ușor, poșete mari ca să nu se mai vadă unde ți se termină burta și unde începe poșeta. Coaforul e pe post de muzeu. Îl vizitezi când nu mai ai de ales. Iar fața... în spatele unei perechi mari de ochelari nu mai ai nevoie de niciun rimel.

Exagerez, evident. Dar, cu toată sinceritatea, recunosc că mă cam împiedicau kilogramele în plus să-mi doresc să mă aranjez. Erau așa, ca o piedică în calea fericirii mele. Pentru că nu-mi doream să mă uit în oglindă. Și cum să te dai cu fond de ten, sau să-ți faci o dungă cu creionul dermatograf pe nevăzute?

Nu-mi plăcea de mine, dar mă păcăleam că toate sunt la locul lor în viața mea. Asta până când am văzut-o pe Maya admirând mămicile aranjate ce-i ieșeau în cale.

Mi-am amintit aseară, la aeroport, povestea asta, veche de vreo zece ani. Am așteptat-o pe fata mea și eram îmbrăcată cochet, coafată, aranjată și cu o stare foarte bună. Ea m-a luat în brațe și apoi s-a îndepărtat doi pași, m-a măsurat din cap până în picioare și-a zis: „*Mama, ce frumoasă ești! Dar, vai, doamnă Retegan, arătați foarte bine!*"

Copiii noștri își doresc mămici frumoase. Frumoase în sensul acela: să placă ochiului. Să se placă ele pe ele. Să plesnească de fericire, nu de kilograme în plus. Să se umfle de mândrie, nu de grăsime.

Dacă eu nu mă plac pe mine, dacă eu nu mă iubesc, dacă mie nu-mi face plăcere să mă uit în oglindă, pentru că se termină oglinda și eu nu m-am terminat... Cei care ne iubesc simt asta prin toți porii noștri. Fiecare bucățică din corpul nostru vorbește despre nemulțumirile pe care doar tu crezi că le auzi în cap. Nu. De-acolo din cap, de fapt, ele urlă pe un ton care se aude mai tare decât dacă ai țipa.

Toată viața am ținut diete.Toate dietele din lume. De câteva zile, am început dieta minune. E o glumă această denumire, pentru că de fapt nu e vorba de nicio dietă. Pur și simplu mănânc orice, dar la ore fixe: la ora șapte dimineața, la zece, la unu, la patru și la șapte seara. Nimic între mese, în afară de apă plată sau cafea fără zahăr și lapte. În două săptămâni am slăbit cinci kilograme. A dispărut sentimentul de vină pe care îl aveam atunci când mâncam ceva „interzis", a murit micul somalez ascuns în stomac, moștenit dintr-o altă existență, care mânca pe rupte de teamă să nu facă foame. Sunt preocupată acum să mănânc ce-mi place și nu orice îmi pică în mână, nu mai sunt disperată să mănânc la o masă tot ce vreau, pentru că știu că peste trei ore pot să mănânc din nou.

Nu m-am simțit niciodată mai bine!

Învață să spui „nu" la fel de bine cum știi să spui „da"!

Nu lăsa pe nimeni să-ți spună cum ești, cine ești, ce ai de făcut și ce e mai bine pentru tine. Eu am reușit fără să țin cont de părerea cuiva.

Jurnaliștii m-au acuzat că nu am studii de jurnalism, și am făcut presă de cea mai bună calitate, inclusiv pentru BBC. Oamenii de marketing mi-au reproșat că nu am studii în acest domeniu, dar eu am inventat și am crescut câteva branduri, dintre care unul a depășit granițele țării. Sunt scriitori care mi-au zis că nu ar trebui să scriu. Cu toate astea, am o carte epuizată, tipărită în zece mii de exemplare, și una care și-a dublat tirajul încă înainte de a ieși din tipar. Managerii nu mi-au dat credit, pentru că nu am studii și, totuși, eu am condus un radio de succes, o trupă de succes și, de câțiva ani, conduc o afacere de succes.

„Nu te duce la București, pentru că oamenii sunt răi și te vor mânca de vie." Așa mi s-a spus. Am făcut pasul, și viața mea, după o scurtă perioadă de acomodare, a cunoscut cea mai puternică înflorire. „Nu-ți pierde vremea cu cântece pentru copii. E plină piața și oricum nu mai ai ce aduce nou." Cântecele Găștii Zurli au astăzi cea mai mare audiență. Aș putea continua, de la cele mai mici lucruri până la deciziile majore.

Eu am avut întotdeauna o altă părere decât cei mai mulți din jurul meu. Nu am ținut cont niciodată de nimeni. Am făcut doar ce mi-a dictat sufletul. A fost foarte greu. Foarte greu. Pentru că a trebuit să țin piept tuturor celor care mă trăgeau înapoi când eu mă chinuiam să merg înainte. Înainte pe drumul meu. Ei încercau să mă ducă pe drumul lor. Am reușit să rămân acolo unde simțeam că îmi e locul. Am putut să fac asta pentru că tot ceea ce m-a preocupat a fost să cresc. Eu.

Cei care văd egoism în asta s-ar putea să aibă dreptate. Am interacționat și am dezvoltat relații doar cu oamenii care se intersectau cu drumul meu. Nu m-am așezat pieziș în calea nimănui. Pentru că nu m-a interesat niciodată ce fac ceilalți. Nu am fost invidioasă niciodată pe nimeni. Nu m-am întrebat de ce unul are mai mult succes iar altul mai mulți bani. Nu mi-a încolțit niciodată în minte invidia că o altă femeie e mai frumoasă decât mine. Nu am invidiat cuplurile care se înțeleg. Nu l-am certat pe Dumnezeu când a murit tata și nici nu i-am invidiat pe cei care încă se bucură de părinții lor. Nu mi-am dorit casa celuilalt, nici mașina, nici măcar poșeta.

Nu mă interesează cum obțin oamenii ceea ce au. Știu sigur că totul are un preț. Și că în spatele unui succes se poate ascunde ori norocul, ori multă muncă, ori mari compromisuri. Știu că frumusețea are prețul ei și banii costă. Nu am fost în competiție cu nimeni. Am găsit un drum liber și l-am urmat. Nu am dat pe nimeni la o parte ca să-mi fac loc. Nu am luat firma nimănui, nici măcar ideea de afacere, nu am luat bărbatul niciunei femei și am condus doar mașinile pe care mi le-am permis. Am știut să plec din locurile în care nu-mi mai găseam locul. Le-am permis să plece mai departe oamenilor care nu mai creșteau lângă mine. Nu susțin oamenii unii împotriva celorlalți. Nu intru în furtuna celorlalți, încerc să văd partea bună din fiecare întâmplare. Nu cer socoteală nimănui pentru alegerile pe care le face. Știu că dacă trebuie să plece, pleacă. Știu că ne vom regăsi dacă relația noastră are nevoie să continue. Invidia nu o cunosc. Am numărat nu-urile de mai sus. Vreo douăzeci. Mult prea multe. Dar cred că este foarte important să învățăm să spunem: „Nu!"

Succesul vine și din puterea de a spune „nu". Să știm când să spunem „nu" e la fel de important ca a ști când să spunem „da".

Nu pierde vremea...

Nu-ți pierde vremea întrebându-te de ce ți se întâmplă un anume lucru. Consumă-ți energia să găsești cele mai bune soluții pentru nevoile tale.

În viață nu întâlnim probleme, nu în acel sens moștenit de la părinții noștri. Nu suntem victimele problemelor care apar. În viață întâlnim situații și noi suntem exploratorii momentelor respective. Trebuie să aflăm pe pielea noastră unde ne duce noul context. Pentru probleme s-au inventat tot felul de ecuații. Se ajunge la un rezultat făcând diverse calcule. În cazul unei situații de viață o scoatem la capăt folosindu-ne toate simțurile. Calculele nu ne mai ajută la nimic. Inima este cea care face, într-o anumită situație, cele mai corecte socoteli. Și rezultatul nu este sub linie, este deasupra ei. Când am aflat că nu mai am emisiune la radio, am luat-o ca pe o veste proastă. Îmi plăcea să merg în studio, să vorbesc cu oamenii. Făceam cu bucurie „Partea Bună“ și abia așteptam să fiu *on-air*. Rămasă fără emisiune, m-am gândit ce să fac, unde să-mi folosesc eu toate ideile cu care mă obișnuisem să fiu în eter de aproape douăzeci de ani. Nu mai știu cine mi-a dat ideea unui blog. Nu o luasem în calcul până atunci, chiar dacă scriam deja, de ceva vreme, în revista *Tango*. Am construit blogul și, într-o lună, aveam cincizeci de mii de vizualizări. Astăzi, peste șase sute de mii de oameni au intrat să citească articolele. În ritmul ăsta, până la sfârșitul anului depășim un milion.

După trei ani fără radio toate ideile mele de pe blog și din reviste, scrise într-un fel sau altul, au ajuns într-o tipografie și astăzi formează cartea mea de suflet *Pledoarie pentru mami și tati*. A fost pentru prima dată când a trebuit să accept că „Verba Volant“ nu mai e și că mai bine de cincisprezece ani am dat drumul ideilor în eter. Aș fi putut să mă victimizez. Aș fi putut să-mi iau emisiunea înapoi. Sau măcar să încerc. Am ales să accept că atunci, acolo, rolul meu se încheiase. Și că, de vreo patru ani, stăteam în ceva călduț, care nu mă mai provoca. Nu mă făcea nici să fierb, nici să înghet. Nu se producea nicio transformare cu și în mine.

Uneori Universul, Doamne Doamne, ne scoate agresiv din locuri comode în care ne-am așezat. Uneori, acceptăm asta pur și simplu și ni se deschid noi orizonturi. Alteori, ținem cu dinții de o situație, de un om sau de un obiect. Și tragem de toate până când se rup. Și tot nu înțelegem. Luăm acul și le coasem. Și le înnodăm, și le cârpim, punem grefă și reconstruim. Uneori, unii dintre noi putem face asta mult și bine. Alteori, alții pot înțelege că acolo nu mai e nimic de făcut și merg mai departe. Putem alege să facem calcule la nesfârșit pe o tablă pe care scriem, și ștergem, și scriem, și ștergem, căutând răspunsul corect al unei pseudo-probleme.

Uităm că răspunsul e întotdeauna în zvâcnetul inimii, pe care am putea, pur și simplu, să o întrebăm.

Specializează-te în ce-ți place cel mai mult să faci!

Dacă îți place să călătorești, atunci specializează-te în călătorii. Dacă îți place să faci sport, fă unul atât pentru trup, cât și pentru minte. Dacă îți place să înfrumusețezi unghii, specializează-te în manichiură. Dacă îți place să gătești, fă cele mai bune sarmale, plăcinte și prăjituri. Dacă îți place grădinăritul, învață cât mai multe despre această activitate.

Atunci când ți-ai descoperit o pasiune, exploatez-o. Întoarce-o pe toate fețele, ca pe o haină, până când o să-i cunoști toate cusăturile. Când o să știi totul despre haina din mâna ta, din ce materiale e făcută, cu ce mașină a fost cusută, ce ațe s-au folosit, de unde e căptușeala, cum se spală și, mai ales, cum se calcă, acesta va fi lucrul despre care poți spune că-l cunoști cel mai bine. Despre pasiunea ta trebuie să știi absolut tot, mult mai mult decât alți oameni care cunosc subiectul, dar nu au aceeași pasiune.

Rămânem la haină ca să fie simplu de exemplificat.

Atunci când ești pasionat de haină, dorești să vezi ce are înăuntru. Încearcă să-i pui tiparul pe masă și să înțelegi fiecare linie trasată. Când vei ști fiecare gaică și fiecare tiv din haina ta, vei putea să vorbești despre ea cu cea mai mare ușurință și vei fi ascultat. Când cunoști lucrurile, îți vin și vorbele despre ele. Când ai descoperit singur și ai învățat toate detaliile, se trezește în tine pasiunea de a povesti și vei deveni interesant pentru ceilalți.

Învață tot ce se poate despre lucrul care îți place cel mai mult să-l faci. Poți ajunge regina sprâncenelor și pentru asta nu trebuie să cunoști neapărat toată anatomia corpului uman. Poți fi cea mai apreciată educatoare fără să fi terminat șapte universități, cinci mastere și două doctorate. Poți ajunge cel mai bun medic sau cea mai talentată croitoreasă.

Dar nu uita! Atunci când ai descoperit ce-ți place cel mai mult să faci, încearcă să-l iubești. Când tu cunoști cu adevărat ceva, oamenii te vor considera expert. Și vor veni la tine dornici să afle mai mult. Din specialist ajungi consilier, din consilier consultant, din consultant inspirație și din inspirație istorie.

Și oamenii te vor ține minte ca fiind cel mai bun într-un domeniu, nu ca pe unul care știa câte puțin din toate, dar nimic până la capăt.

Dacă ai fi a mea, aş umple cerul cu „te iubesc"

Uneori apar în viața noastră oameni cărora pământul nu le mai ajunge. Nici balcoanele sub care să-ți cânte serenade. Nici copacii nu mai sunt suficient de înalți. Sunt oameni pentru care plaja e prea îngustă pentru cât de nețărmurite sunt mesajele lor. Nu mai au loc. Nici în căsuța e-mailului, nici în telefon, nici pe pereți.

Într-o zi vine în viața ta un om, care spune: „E prea mică distanța dintre gura mea și fața ta ca să încapă tot «te iubescul» meu? Dacă ai fi a mea, aș scrie asta pe cer. Dezleagă-mă să te iubesc. Deschide-mă să zbor. Învârte cheia. Deblochează yala. O lume întreagă te așteaptă în spatele ușii în care tu stai și aștepți. Sau poate doar stai.

Dacă eu te las să nu crezi în povestea noastră, tu mă lași să te iubesc? Lasă-mă să cred măcar eu și sunt sigur că dacă unul dintre noi crede în ea, povestea noastră învață să respire. Ai zis că s-a născut prematur. Sunt de acord. Dar și prematurii au dreptul la viață. Știu câțiva prematuri care au trăit, au crescut și sunt oameni faini. Țin eu iubirea în incubator. Îi țin eu masca de oxigen. Nici măcar nu trebuie să treci prin salon. Îi povestesc eu despre tine… Ha, ha, ha!

Într-o zi, după ani în care tu ai fost cea care a dat, care s-a mulțumit cu resturi, care ți-ai consumat povești în locuri întunecoase și în spatele draperiilor grele, vine cineva și vrea să scrie pe cer: «Te iubesc!» Să știe toată lumea. Dacă mă lași le spun tuturor: e a mea, e a mea! Nu mă lăsa dacă nu ești pregătită. E cum vrei tu. Acum. O să fie și cum vreau eu. Într-o zi. Nu mă grăbesc nicăieri. Cerul e mare și o să-mi ia ceva timp până îl umplu cu: «Te iubesc, te iubesc, te iubesc!»

Când vei fi pregătită, dau norii la o parte să vadă toată lumea dragostea mea."

Când un bărbat iubește o femeie...

Iubesc iubirea dintre doi oameni. Și o cinstesc de fiecare dată când mă întâlnesc cu ea.

Nimic nu mi se pare mai frumos decât să privesc familii în care partenerii se iubesc. Să văd oameni uitându-se unul la altul cu toată dragostea. În privirea lor găsești bucurie, și răbdare, și înțelegere, și atenție, și speranță, și încredere. Gestul de protecție pe care îl face un bărbat care iubește o femeie mă emoționează până la lacrimi. Căldura cu care o femeie mângâie obrazul bărbatului pe care îl iubește mă face să zâmbesc cu lacrimi ivite în colțul ochilor. Iar când între ei, pe lângă ei, în ei, cu ei, sunt copii care întregesc iubirea lor, tabloul poate fi copleșitor.

Eram în aeroport, îl așteptam pe fostul meu iubit și am văzut reîntâlnirea dintre un tată, cei trei copii și soția lui. Bărbatul a venit spre ei, și-a lăsat valiza din mână și s-a așezat în dreptul lor acoperindu-i pe toți deodată și pe fiecare pe rând cu dragostea lui. A mângâiat și bebelușul din brațele femeii și apoi a îmbrățișat-o și a sărutat-o pe mama copiilor săi.

Era atâta pace în revederea asta, atât de firesc s-au regăsit, cu atâta siguranță l-au așteptat și atât de „acasă“ s-a întors bărbatul acela, că pe mine m-a găsit fosta iubire cu ochii umflați de plâns și cu rimelul pe obraji. E drept că nu ne mai văzusem de ceva vreme, dar nici chiar așa...

I-am povestit ce văzusem și ce mă impresionase și am simțit brațul lui puternic în jurul umerilor mei în timp ce îmi spunea: „Vezi, de-aia ești tu specială! Câți oameni crezi că au observat asta?“

Când nu mai ești, anunță-mă și pe mine!

Îmi plac bărbații cu simțul umorului. Îmi plac bărbații cu replică.

— Ești?

— Da.

— Bine, când nu mai ești, anunță-mă și pe mine.

Am zâmbit la sfârșitului dialogului, pentru că mi-a dat o replică pe care eu nu am învățat-o la timp. Din cauza asta, de câteva ori am rămas singură în poveste și nici măcar nu mi-am dat seama. Eram atât de ocupată să fim „noi“ și să fiu „eu“ acolo, încât nici nu am observat că „el“ plecase demult. Nici nu contează dacă plecase cât văzuse cu ochii, nu contează dacă plecase pe furiș sau învârtindu-se, eu nu am observat asta.

Intrăm în câte-o poveste și ne luăm atât de în serios rolurile, încât nici nu mai apucăm să urmărim firul poveștii. Personajul pe care îl avem de jucat ne solicită întru totul. Ne spunem monologul, nici măcar nu așteptăm să dăm sau să primim replica, ne jucăm scenele indiferent de cât de prezent e celălalt. În iubire nu există premiu pentru cea mai bună interpretare. Doi oameni sunt recunoscuți drept cuplu doar în echipă. Pot lua premiul pentru cel mai bun film, pentru cea mai bună producție. Dar când „noi" a dispărut, se termină povestea.

Ce bine-ar fi să rămânem cu ochii larg deschiși și să vedem pe unde e celălalt. Sau măcar atunci când unul pleacă, să anunțe. Să-i spună și celuilalt că: „Piesa-i gata, trag oblonu'... ah, ce ploaie e afară".

Nu sunt nici singură, nici divorțată. Sunt liberă!

În ultima vreme, intră în viața mea tot felul de oameni. Femei, bărbați, viitori parteneri de afaceri, potențiali parteneri de... filme, vacanțe, sărbători, timp liber. Și o categorie, și cealaltă au aproximativ aceleași întrebări în chestionar: „Ești singură?", „Ești divorțată?", „Ai obligații?"

Sincer, au fost perioade în viața mea în care, perfect încadrată într-un cuplu, m-am simțit cea mai singură ființă din lume. Din cauza unor relații nefericite, nu m-am simțit doar singură în relație, ci reușisem să îi îndepărtez și pe ceilalți, pentru că nu aveam nimic de oferit și nici nu doream să primesc nimic.

Acum sunt mai puțin singură decât am fost vreodată. Nu, nu sunt singură, ca să răspund la această întrebare. Ești divorțată? Ce înseamnă să fii divorțat? Înseamnă să fi dispărut definitiv din viața ta cel cu care ți-ai promis, la un moment dat, nemurirea. Divorțat înseamnă să nu vrei să mai vorbești, să nu mai ai nicio legătură cu omul cu care te-ai iubit și împreună cu care ai jurat că vei face asta până la capăt? Cu omul cu care ai făcut un copil și de care te leagă cea mai importantă responsabilitate din lume? Dacă a fi divorțat înseamnă a-l urî de moarte pe cel pe care l-ai iubit, atunci cred că greșesc spunând că sunt divorțată. Nu a dispărut niciodată din viața mea și nici nu îmi doresc asta. Între noi va exista mereu acea complicitate care ascunde în ea toate speranțele pe care ni le-am făcut la un moment dat și toți morții din beciul în care intrăm din când în când ca să-i numărăm împreună.

Ce înseamnă să ai obligații? Să mă trezesc în fiecare dimineață fericită, să pregătesc cu dragoste cel mai sofisticat mic dejun, să mi se lumineze fața atunci când gândul îmi zboară la ea, să privesc în ochi cel mai frumos dintre toate sensurile vieții mele. Să iubesc cerul, să văd soarele, să nu-mi treacă anotimpurile pe lângă ureche… Am obligațiile astea, toate la un loc.

Dacă asta înseamnă să ai obligații, da, sunt băgată în datorii până în gât. O să fie mereu prioritatea mea numărul unu. Copilul meu mă obligă să fiu fericită, să fiu frumoasă, să fiu conștientă de fiecare zi.

Nu mă simt nici singură, nici divorțată. Mă simt liberă să fiu cum vreau eu. Și fericită cu cine sunt.

Nu confunda peticul cu păturica!

„Nu mai vreau pe cineva cu care să-mi peticesc inima, vreau pe cineva care să mă învelească cu totul."

Când auzi cuvintele astea spuse de cineva care ți-e foarte drag și care, deși e tânăr, înțelege bine niște lucruri, te oprești brusc din tot ce faci și te gândești o secundă: eu am avut petice, sau am găsit pe cineva care să mă învelească total?

Pot să am un moment de maximă sinceritate și să accept că bărbații din viața mea au pus câte un petic pe câte o rană. Sigur, aveam nevoie să vindec acele răni. I-am găsit pe cei mai potriviți. Fiecare a fost perfect pentru rana care s-a cicatrizat datorită lui. Și pentru fiecare am avut argumente.

Despre fiecare am știut că nu e păturica aceea, ci că o să mai pună un petic undeva în încrederea mea știrbită. Cât suntem mici, oamenii și întâmplările din jurul nostru ne rănesc. Mai mult, mai puțin, mai profund, mai superficial. Și ne trezim la maturitate cu inima plină de găuri. Și începem să căutăm chirurgi care să o coasă sau să pună petice. Încet, încet, reușim să acoperim toate rănile. Și-atât de mult ne-am obișnuit să căutăm oameni „petic", încât nici nu ne mai dăm seama că nu mai avem ce să peticim. Că am crescut mari și puternici și nu am mai lăsat pe nimeni să facă găuri în sufletele noastre. Și totuși, căutăm și ne mulțumim cu petice.

Vine o zi în care te trezești și îți dai seama că îți trebuie o păturică. Una moale și pufoasă, care să-ți acopere tot sufletul. Să-ți încălzească toate cicatricile și să-ți țină de cald în zilele ploioase.

Alege păturica potrivită și nicio iarnă nu o să mai pătrundă în sufletul tău.

Nu o să mai trec prin asta niciodată!

Așa am spus după fiecare iubire. Și toate m-au făcut franjuri.

După fiecare mare iubire am rămas lată, lipită de pământ, încercând să smulg energie cu mâinile.

După fiecare poveste m-am simțit ca pământul țării cotropit de tancurile rusești. Și, de fiecare dată, mi-am zis: „Mie nu o să mi se mai întâmple asta niciodată. Pe mine niciun bărbat nu o să mă mai bulverseze. Mie n-o să-mi mai tulbure nimeni liniștea nopților și n-o să-mi umple creierul cu gânduri cu și pentru el. Pe mine, nimeni nu o să mă mai oprească din ceea ce am de făcut, nimeni n-o să-mi distragă atenția de la treburile mele."

Sunt convinsă că voința e toată în mâinile mele, că eu știu exact ce vreau, cu cine și când, că nimeni nu mă mai poate surprinde și nimic nu mă mai prinde nepregătită. Și ca să fiu sigură că nimeni nu pătrunde în bula mea de liniște încep să construiesc. Ziduri. Unul câte unul. Și să le fac din ce în ce mai groase și mai înalte. Și să mă simt din ce în ce mai în siguranță. Și mai liniștită. Și mai bine cu viața mea și cu tot ce am de făcut. Și zilele curg frumos una după alta, și soarele răsare în fiecare dimineață, și zidurile mele stau bine mersi la locul lor, adânc înfipte în voință.

Până într-o zi în care mă așteaptă un buchet de flori și mesajul: „Am desenat toamna asta pentru tine." Iar în mintea mea se produce declicul.

— Fugi, fugi! strigă mintea.

Am mai auzit asta, unul mi-a construit o scorbură, altul mi-a făcut un curcubeu, altul un copil, ăsta vine cu toată toamna peste mine... Nu-l crede, fuuuugi! Iar tu rămâi împietrită și te uiți cum cutremurul e tot mai puternic, iar zidurile tale se prăbușesc unul câte unul, ca într-un domino.

Inima țopăie și caută bănuți norocoși printre cărămizile făcute grămadă, în timp ce mintea țipă îndepărtându-se din ce în ce mai mult: ai promis că nu o să mai faci asta niciodată... Ai promis, ai promis...

Nu umbla cu iubirea vopsită!

Dacă e foarte cald, razele ard vopseaua și ea se decolorează. Iar dacă plouă, la primele picături curge toată vopseaua. Poate apucăm să scoatem umbrela și să mai acoperim puțin din daune. Poate reușim să-i punem o glugă și să o ascundem privirilor celorlalți.

Avem mereu în geantă o pelerină și o folosim de fiecare dată când apar cele mai mici semne de ploaie.

Stăm veșnic pregătiți să scoatem pelerina de protecție a iubirii colorate de noi în cele mai frumoase culori.

Iubirea, când e cea adevărată, își face singură autoportretul. Se colorează singură atunci când găsește șevaletul potrivit. Se așază și își pune singură culorile potrivite. Are câteva combinații de culori pe care nu le nimerește decât ea. Conturul îl face perfect și nu-l depășește niciodată. Nu te apuca să vopsești iubiri. Ai răbdare să găsești tabloul perfect.

Faptul că tu i-ai colorat celuilalt iubirea și i-o păzești de ploaie nu înseamnă că el are pentru tine o iubire colorată. Înseamnă doar că tu umbli cu iubirea vopsită.

Oamenii se despart pentru că nu se mai suportă, nu pentru că nu se mai iubesc

Nu știm să ne negociem timpul și viața atunci când suntem în cuplu.

Așa cum unii parteneri își reînnoiesc jurămintele după câțiva ani, alte cupluri ar trebui să-și renegocieze conviețuirea. Sau să o negocieze pentru prima oară, după caz. Cred că oamenii ajung să se despartă pentru că nu se mai suportă, nu pentru că nu se mai iubesc.

Alegem să negociem pentru tot. Pentru un loc de muncă, pentru un salariu, pentru o legătură de pătrunjel din piață. Negociem pentru o săptămână de vacanță sau pentru câteva zile libere. Negociem pentru făcutul menajului și pentru ieșitul în oraș. Negociem cu toată lumea pentru orice, mai puțin cu cel cu care ar trebui să negociem cel mai clar și cel mai onest. Lui ne temem să-i spunem de fapt ce ne doare. Nu avem curajul să recunoaștem ce ne deranjează. De multe ori, nu-i putem spune lui pentru că nu am apucat să ne spunem nici nouă.

Știu oameni care stau în relații în care nu spun nici jumătate din ceea ce simt și cred. Și eu am fost în această situație mulți ani. Știau mai bine prietenele mele ce mă deranjează la partener decât îndrăzneam să-i spun lui. Mi-era teamă. Nu de consecințe. Mă temeam pur și simplu să-mi formulez nevoile, pentru că mă temeam de mesajul: „Asta e, dacă-ți convine bine, dacă nu, nu." L-am auzit de câteva ori și a omorât în mine orice încercare de a negocia într-o relație. Nu mă tem să fac asta franc și deschis cu angajații, partenerii de afaceri, oamenii cu care am legături profesionale. În viața privată încă mă tem să spun ce cred și ce nu-mi place de teamă că aș putea pierde ceea ce am. Chiar dacă ceea ce am este departe de a fi ceea ce-mi trebuie.

Dacă astăzi aș avea în viața mea o persoană pe care să o iubesc și despre care să cred că este omul acela cu care eu vreau să îmbătrânesc, i-aș spune exact cum stau lucrurile în bucățica mea de viață. Aș găsi calea prin care să-l fac să înțeleagă că nevoile mele nu au legătură cu nevoile lui. Că nu trebuie să se simtă jignit, frustrat, supărat pentru ceea ce îmi face mie bine și că și eu mă voi strădui să nu mă simt jignită, frustrată, supărată pentru lucrurile care lui îi aduc echilibru în relația cu el însuși. Dacă în viața mea ar exista acel bărbat, nu aș lăsa niște neînțelegeri să ne omoare iubirea.

De niciun om din viața mea nu m-am despărțit pentru că nu l-am mai iubit, și nici pentru că n-aș mai fi fost iubită. Ne-am despărțit pentru că nu ne-am mai suportat. Atât de multe nu ne-am spus, încât muțenia a înghițit toate încercările noastre de-a ne face auziți.

M-am supărat pe ei pentru că nu auzeau ceea ce nu le spuneam. M-am supărat pe ei pentru că nu-mi dădeau ceea ce nu le ceream. M-am supărat pe ei pentru că nu făceau ceea ce nu știau că aș vrea să facă. M-am supărat pe ei pentru că nu erau ceea ce eu nu le arătasem că aș vrea să fie.

Nu lăsa loc de interpretare atunci când vine vorba de lucrurile concrete pe care ți le dorești.

Fă-ți curaj să ceri. Poți fi refuzat. Și-atunci poți trage niște concluzii.

Nu alege să te superi și să te desparți de oamenii pe care îi iubești pentru că nu îi mai suporți. Înainte de a întoarce spatele, mai întoarce o dată fața. Și spune în vorbe puține, dar clare, ce simți, ce dorești, ce speri, ce visezi. Și-apoi așteaptă. O să vină și răspunsul într-o zi. De la tine sau de la celălalt. Și dacă niciunul nu o să spună nimic, o să vă dea Universul niște răspunsuri de n-o să le puteți duce.

Dacă nu ai de reformulat niște jurăminte, atunci măcar renegociază niște condiții.

Ține departe fericirea ta de nefericirea ei!

Nu ai cum să-i ceri unei femei de care te-ai despărțit și care are grijă singură de copilul vostru să-ți înțeleagă, să-ți aprobe și să se bucure de fericirea ta descoperită lângă o altă femeie. Nu ai cum.

Nu poți să-i ceri așa ceva decât dacă ești îngrozitor de egoist. În timp ce tu îți petreci serile lângă un pahar de vin și privind un film cu noua iubire în brațe, ea s-ar putea să fie cu termometrul într-o mână și cu paharul de ceai în cealaltă. În timp ce nopțile tale sunt învăluite în parfumuri amoroase, ea s-ar putea să schimbe lenjerii udate de copilul vostru pentru că, de când ai plecat, a început din nou să facă pipi noaptea în pat...

În timp ce tu te trezești dimineața cu cafeluța pe noptieră, sau poate chiar o pregătești tu pentru noua iubire, vechea iubire e deja sătulă de câtă echilibristică a făcut în dimineața aceea să-i facă trezirea plăcută copilului vostru.

Nu. Ea nu își petrece nopțile în cluburi și diminețile în îmbrățișări. De gâtul ei stau agățate, noaptea și dimineața, două mânuțe. Și lângă inima ei bate o inimă care se teme să nu plece și ea așa cum ai plecat tu.

Nu e ușor să învețe să trăiască după noua ordine. Îți iubește copilul mai mult decât se iubește pe ea, dar are nevoie de timp să treacă peste această experiență. Nu e nefericită că a rămas cu copilul vostru, ci pentru că ai plecat tu. Pentru că nu mai sunteți voi.

Nu-i cere să-ți înțeleagă fericirea. Nici măcar nu i-o arăta. Ține-o departe de nefericirea ei. Dacă nu vrei să o ții departe pentru ea, atunci ține-o departe de dragul tău. Nu fericirea ta e cea care va învinge, ci nefericirea ei.

În astfel de situații, fericirea nu molipsește nefericirea. Dar un grăunte de nefericire este atât de profund și de încăpățânat, încât poate foarte ușor să umbrească un munte de fericire.

Vreau o iubire pur și simplă!

Da. Ați citit corect. Pur și simplă. Nu-mi lipsește nicio literă. Așa cum nu-mi lipsește nici o doagă, nici o mână, nici un picior, nici un neuron. Nu-mi lipsește nimic ce poate fi socotit, iar la finalul adunărilor îmi dă un om întreg. În condițiile astea, chiar nu înțeleg de ce toate alegerile mele sunt strâmbe. Amputate. Ba le lipsește inima, ba o mână asumată... Până acum am făcut numai alegeri tulburi și complicate.

Am înotat în cele mai gri ape și, de parcă nu erau suficient de tulburi, le mai tulburam și eu puțin. Sau, în cazul unora dintre ape, stăteau ceva matracuci pe margine cu câte un pumn de pietre în mână și, cum se limpezea puțin situația, țuști aruncau câte o piatră, de pierdeam o grămadă de timp să o găsim pe fundul lacului.

Cum se procedează într-o situație în care e simplu? Mă sperie lucrurile simple. Nu știu să le gestionez. Sunt antrenată să dezleg puzzle-uri complicate, sunt pregătită să deschid lacăte de la șapte lanțuri... Nu știu să mă descurc ușor într-o situație simplă. Aș vrea să trec la nivelul următor. Știu, în jocuri, fiecare nivel superior e cu un grad de dificultate mai mare. Dar asta e pe computer. În viață, în *next level* poți ajunge la ceva mai simplu. Așa, ca dintr-un imperfect în perfectul simplu.

Vreau o iubire pur și simplă, conjugată la timpul prezent, la persoana a doua singular.

De ce umblă oamenii creanga atunci când au cuiburi?

Oamenii vin și pleacă, și revin, și noi îi primim iar și iar. Oamenii care tot vin și pleacă din viețile noastre, revenind de fiecare dată, au cuiburi în inimile noastre.

— Făcute de cine? a întrebat Maya.

— Făcute chiar de noi.

Ca de obicei, într-o întrebare de-a ei găsesc răspunsuri pe care le-am căutat în mine dintotdeauna.

Mereu am știut că în viața mea sunt și păsări călătoare. Le-am făcut câte un cuib în care să revină după ce rătăcesc în călătoriile lor.

De obicei, păsările astea pleacă toamna și se întorc primăvara, fix după calendarul păsărilor migratoare. Nu prea rezistă la frig. Evită intemperiile. Se orientează după soare și se duc cât mai aproape de el. Bine, ele or să spună că au plecat puțin să însoțească soarele și să se asigure că el o să ajungă din nou pe strada lor. Când primele raze de soare cheamă firul ierbii afară din stratul de zăpadă, păsările călătoare se întorc la cuib și vor prezenta astrul ceresc precum un trofeu pentru care au străbătut mări și țări, au colindat văi și câmpii.

Unele păsări nici nu spun că au un cuib undeva, în vreun copac. Când este cald cuiburile stau pitite printre frunze. Abia le poți observa. Iarna se văd mai bine printre crengile goale, sunt mai ușor de observat. Unii am construit cuiburi micuțe, de culoarea lemnului, care aproape se contopesc cu arborele unde stau ascunse. E și motivul pentru care foarte puțini știu de existența lor... Alții ne-am colorat cuiburile strident, să fim siguri că toată lumea știe cărui cuib aparținem. Există vulturi care se bucură când păsările călătoare umblă creanga. Nu știu că niciodată pasărea nu-și mută cuibul, ci găsește mereu drumul spre casă.

Ce pasăre ar prefera să umble creanga atât timp cât are o căsuță construită în copac numai și numai pentru ea?

Ce-și spun doi oameni când se văd pentru ultima oară

— Nu cred că ne mai vedem, nepoată, mi-a zis fratele tatălui meu când l-am văzut acum două săptămâni.

Avusesem spectacol la Oradea și am trecut pe la el. Știam că e ultima dată. I-am dus cartea mea, pe care i-am scris o dedicație.

— Eu o să plec la tatăl tău și o să-i spun cât ești de grozavă. Sunt foarte mândru de tine. Cred că e ultima oară când ne vedem.

— Eeeee, ce tot spui? a sărit nora lui, încercând un ton de glumă. El s-a uitat fix în ochii mei, cu aceeași privire pe care o avusese și tata când ne-am văzut pentru ultima oară, și i-a spus nurorii lui:

— Nepoata mea știe despre ce vorbesc.

Am zâmbit, nici măcar nu am încercat să-l contrazic.

— Să-i spui că mi-e tare dor de el, am reușit să șoptesc având un nod în gât.

S-a jucat de-a v-ați ascunselea cu cancerul vreo șapte ani. L-a păcălit cât de mult a putut. I-a distras atenția cât să-și pună în ordine toate lucrurile. Au conviețuit șapte ani ca șoarecele și pisica. I-a tot întins capcane și el le-a tot fentat. Până și-a însurat feciorul cel mic. Abia a împlinit șaizeci și... Tata n-a avut chef de joaca asta. După un an și jumătate de la diagnostic, s-a plictisit. S-a dus la șaizeci și doi. Celălalt frate al lor, la patruzeci și cinci, iar tatăl lor la cincizeci și doi. Mi-e și frică să fac o medie. Mă agăț de partea feminină. La mama în familie se trece de șaptezeci de ani. Și bunica din partea tatălui a făcut șaptezeci și doi.

— Cum e viața după patruzeci de ani? m-a întrebat Maya într-o zi.

— Începi să-ți iei rămas-bun de la tot mai multă lume. Începi să-ți urezi „la revedere“ într-o altă galaxie.

Din lumea mea colorată și veselă zbor la Oradea pentru că, în ultimul an, după fiecare plecare din țară, când îl sunam să-l întreb ce face, îmi spunea:

— Te-am așteptat, nepoată, să nu-ți stric concediul.

Și-a ales o zi în care eu să pot ajunge la ultima întâlnire. A fost cel mai organizat și planificat om dintre câți am cunoscut. Nimic nu a rămas nelămurit în urma lui. Și-a așezat fiecare om și fiecare lucru la locul lui și s-a dus să-și trăiască nemurirea. Alexandru Retegan era numele lui de pe pământ. Un om de la care am învățat multe, dar, mai ales, am învățat lecția demnității.

— Nepoată, faci o treabă grozavă. Tu-i înveți pe oameni cum să fie părinți mai buni pentru copiii lor. Să nu te schimbi de dragul nimănui. Rămâi dreaptă și bună, așa cum a fost tatăl tău.

De la el am învățat că primim fix atâtea zile câte ne trebuie. Dacă știm pentru ce le cerem. El a vrut să-și însoare feciorul. Și i-a făcut luna trecută o nuntă ca-n povești. I-a lăsat să trăiască fericiți până la adânci bătrâneți. Iar el s-a ținut de promisiunea cu care și-a negociat ultimii ani: „Vreau să trăiesc să-l văd pe Ionuț însurat." Și-atât a trăit.

Din viață nu te scapă nimeni. Doar ea îți poate scăpa printre degete!

După emoția Crăciunului și feeria începutului de an nou, după liste, planuri, proiecte, perspective, pe mine mă pocnește Boboteaza fix în numele tatălui... Vine așa... ca un duș rece peste mine.

Ioan al meu (așa îl chema pe tata) mă stropește cu apă sfințită direct din Rai și mă face să-mi amintesc că planurile mele de început de an nu fac nici cât o ceapă degerată de frigul Bobotezei. E acel moment în care mă uit la listele mele de priorități și îmi amintesc că singura prioritate reală e să trăiesc. Intens, viu, conștient.

De dincolo de viață, tata mă trezește la viață. Cască ochii! Trăiește! Nu lăsa viața să-ți scape printre degete. Prinde fiecare clipă și fă-o memorabilă. Nu ai bani, cere împrumut și nu te ruga de nimeni. Nu-ți mai place ce faci, fă ce-ți place. Și mai ales distrează-te. Cât de mult poți. Aaaa... și uită-te mereu la cei din jurul tău. Mereu vor fi oameni care au nevoie de o mână de ajutor. Întinde-le mâna. Sunt atât de clar întipărite în mintea mea toate vorbele lui. De la el am învățat că bucuriile se împart cu ceilalți și necazurile se țin pentru noi. Nu-i încărcăm și pe ceilalți cu lecțiile noastre, pentru că fiecare își are propriile lecții.

Boboteaza e pentru mine momentul de deșteptare din iluzia faptului că eu dețin controlul. Că eu hotărăsc. Că mie mi se datorează. Astăzi tata ar fi împlinit șaptezeci de ani. De vreo opt îi număr fără el. Și îmi amintesc ultima aniversare. Pe care i-am organizat-o așa cum ar trebui să organizăm părinților noștri cel puțin o petrecere de ziua lor. Fix cum facem pentru copii: cu tort, invitați, cadouri, pus dorințe, suflat în lumânări, cântat „Mulți ani trăiască"... Doamne, ce s-a mai bucurat, ca un copil! De fiecare om, de fiecare dar. De momentul acela în care a închis ochii, și-a spus dorința și a suflat în lumânări. Tata știa să se joace. Și să se bucure. Și-a dorit cu disperare să trăiască. Sau, cel puțin, așa ne lăsa să credem. Oricum, a plecat când și-a dat seama că era cel mai bun lucru pe care putea să-l facă. Pentru el, și pentru noi. Dar a rămas spiritul lui să-mi amintească, în fiecare an de Bobotează, că vine o zi în care ultima oară e chiar ultima. Că ultimei îmbrățișări nu-i mai urmează niciuna, că ultimele cuvinte preced cea mai lungă tăcere.

Cred că tata are un Iordan al lui, din care stropește cu mănunchiul de busuioc așa de tare, încât simt cum picăturile lui mă trezesc la viață. Îl chema Ioan și era născut de Bobotează. A fost și a rămas pentru mine un sfânt. Găsesc în fiecare zi un lucru care să-mi amintească de el. Iar de Bobotează îmi amintesc că viața toată e o sărbătoare care trebuie celebrată zilnic. În fiecare dimineață în care îmi spăl fața cu apă, simt în ea nemurirea celui care își dorește, de dincolo de moarte, ca eu să-mi trăiesc viața cu bucurie. Și când uit să o fac de dragul meu, o fac de dragul lui. Mă tem că o să vadă că nu-l ascult și, totuși, n-o să mă certe.

Trăiesc și mă bucur, acceptând că de viață nu te scapă nimic. Doar ție poate să-ți scape printre degete dacă nu te trezești udându-ți fața în fiecare dimineață și devenind conștient că viața se trăiește din mers.

Crește-ți cu răbdare părinții!

Dacă ai tăi nu au știut cum să se apropie de tine, cum să te iubească, să te alinte, să te susțină, nu fi supărat pe ei. Dacă ai tăi nu au știut să-ți dea sentimentul că te iubesc necondiționat, dacă te-au certat în loc să râdă cu tine, dacă te-au lovit în loc să te mângâie, dacă au fost reci și distanți în loc să te țină în brațe, iartă-i.

Nu înseamnă că nu te-au iubit. Pur și simplu nu au știut cum să facă asta.

Dacă vrei să-ți fie prieteni, dacă îi vrei de partea ta, nu aștepta să vină ei, pentru că nu o să vină. Sparge tu zidul dintre voi și treci dincolo de el. Dacă îi vrei de partea ta, treci de partea lor. Fă abstracție de predicile lor, ignoră-le cicăleala, ascultă-le poveștile. Acelea sunt viața lor. Dacă vrei să nu-ți mai vorbească despre toate banalitățile la care se uită la televizor, dă-le de lucru. Găsește-le teme de studiat și de dezbătut.

Astăzi, tu trebuie să fii profesorul lor. Dacă vrei ca ei să învețe să trăiască în lumea ta, tu trebuie să-ți faci timp să-i ajuți să o înțeleagă. Materie cu materie. Pagină cu pagină. Uită-te la părinții noștri, la toate bunicuțele de peste șaizeci de ani, care și-au făcut conturi de Facebook. Mai în glumă, mai în serios, au acceptat tehnologia în viața lor. Se tem de toate butoanele. Ori nu apasă pe nici unul, ori le apasă pe toate. Și ne invadează cu like-uri și cu emoticoane, că mai mult nu îndrăznesc să facă. Sunt disperați să ne cunoască lumea. Sunt timizi și fricoși, ca niște copilași care pun pentru prima oară mâna pe un făcăleț și fac plăcinte. Mai întâi, se umple bucătăria de făină, apoi, încet-încet, stăpânesc aluatul.

Dacă îți dorești părinții de partea ta, sparge zidul dintre voi și predă-le lecția lumii tale. O lecție pe zi. Fii profesorul părinților tăi. O să fie greu la început. O să se foiască în bancă, o să se plictisească, o să riposteze. Apoi, încet-încet, o să-i cucerești, iar ei vor fi din ce în ce mai fericiți să învețe.

Fă-ți puțin timp să îți crești părinții și, cu ei aduși în lumea ta, o să câștigi tot timpul din lume.

În ce ți-ai pus toată credința?

Am observat că noi românii avem unitatea de măsură în credință. Sunt lucruri în care credem un pic și lucruri în care credem definitiv sau deloc.

Văd femei care nu-și folosesc credința decât în proporții foarte mici până și în privința propriei persoane. De fapt, cred că, în primul rând, acolo e problema. Cred despre ele, cu toată ființa, lucruri negative și nu cred nimic frumos în ceea ce le privește. Nu cred că pot fi frumoase, nu cred că pot fi iubite, nu cred că pot slăbi cât să se îmbrace frumos, că pot avea timp liber să se distreze, că pot iubi, că sunt capabile să aibă un loc de muncă bun și o viață fericită. Cred, în schimb, despre ele că merită puținul pe care îl au, că firimiturile de atenție de la bărbații lor sunt ceea ce merită, că munca silnică de zi cu zi le aparține și cred că e obligația lor să strângă după toată lumea, să gătească pentru toți, să spele și să calce... Cred cu toată ființa lor că au o căruță de obligații și niciun drept.

Ei bine, cum ar putea aceste mame să creadă despre copiii lor că merită tot ce e mai bun în viață? Cum ar putea aceste mame să le dea copiilor siguranță și încredere când ele nu o au?

La mine, „eu cred“ nu are grade de comparație. Eu ori cred, ori nu cred. Și când cred, cred cu toată ființa mea.

Dacă nu te crezi pe tine, atunci crede-mă pe mine. Nu ne ies decât lucrurile pe care le facem cu toată ființa. Cu toată credința. Începe să îți clarifici relația cu acest „cred“. Împrietenește-te cu el și asumă-ți ceea ce crezi. Și, mai important decât orice, dă-ți voie să gândești frumos despre tine și despre cei pe care îi iubești.

Îmi plac bărbații tați

Tații care cresc copii, nu tații care doar îi fac. Bărbații tați care se implică în viețile copiilor lor, pe care poți să te bazezi și care pot să fie la fel de buni tați cum suntem noi, unele, la fel de bune mame.

Îmi plac tații care le citesc seara povești copiilor lor.

Îmi plac tații care se trezesc peste noapte să mai schimbe un pampers și să pregătească un biberon.

Îmi plac tații care știu să prepare un mic dejun sănătos și consistent pentru copilul lor.

Îmi plac tații care își țin copilul de mână la stomatolog.

Îmi plac tații care stau pe marginea bazinului și își încurajează puiul la primul concurs de înot.

Îmi plac tații care pregătesc cu atenție cadourile pentru zilele de naștere sau de Crăciun.

Îmi plac tații care știu să facă surprize.

Îmi plac tații care își iau copiii de mână și fac împreună prima plimbare cu metroul. Sau prima plimbare cu trenul.

Îmi plac tații care își duc băieții pentru prima oară pe un stadion, la un meci.

Îmi plac tații care se joacă cu fetele lor și le lasă să le dea cu ojă unghiile de la mâini și de la picioare.

Îmi plac tații care nu lipsesc de la serbările copiilor lor.

Îmi plac tații care merg la ședințele cu părinții.

Îmi plac tații care își țin copilul de mână în prima zi de grădiniță sau de școală și îl aplaudă la festivitatea finalului de an școlar.

Îmi plac tații care se uită împreună cu copilul la desene animate.

Îmi plac tații care știu să sculpteze dovleci de Halloween.

Îmi plac tații care fac oameni de zăpadă.

Îmi plac tații care culeg scoici.

Îmi plac tații care cântă și dansează cu copiii la petreceri.

Îmi plac tații care stau un weekend întreg cu copiii acasă și o lasă pe mama să plece în excursie cu fetele.

Îmi plac tații care nu se simt vinovați atunci când fac alte lucruri plăcute și care nu îi implică pe copii.

Îmi plac tații care, dacă sunt divorțați, nu introduc în viețile copiilor lor toate tentativele de relații.

Îmi plac tații care își iubesc copiii mai mult decât și-au iubit părinții și mai mult decât le-au iubit sau le iubesc pe mamele copiilor lor.

Îmi plac tații care le protejează pe mamele copiilor lor, indiferent dacă ei mai sunt sau nu împreună, de oricine ar vrea să le facă vreun rău.

Îmi plac toți acești tați și cred că multe femei visează la astfel de tați pentru copiii lor, chiar dacă relația cu ei poate fi dificilă. Pentru că e mai simplu să te descurci cu un bărbat care nu se implică. Vine acasă, pune banu' pe masă și îți lasă ție toată „libertatea". Eventual, dacă dai greș, e strict treaba ta. Sau îți plătește pensia alimentară (dacă ți-o plătește) și nu te mai deranjează decât după o lună. De tații implicați trebuie să ții cont. Trebuie să vă puneți de acord, trebuie să faceți o echipă. Au și ei argumentele lor, poate că nu aprobă întotdeauna deciziile tale. Am avut răbdare și i-am permis celui cu care am făcut copilul să-i fie tată. Iar acum, când copilul e în grija lui, eu nu am nicio grijă. Din experiență, dați-mi voie să-mi placă genul acesta de bărbat.

Nu am mai fost singură de douăzeci de ani

Zilele trecute m-am uitat cu Maya la filmul *Cum să fii singur și fericit* și mi-am dat seama că eu n-am mai fost singură de douăzeci de ani.

Narcisa Suciu îmi spunea, acum o mie de ani, cum a ajuns ea la concluzia că suntem singuri doar între relații, dar, în loc să ne bucurăm de libertate, plângem după relația care s-a terminat și visăm la cea care urmează să vină. Despre asta este vorba în filmul vizionat de noi: o fată pune punct unei relații care nu o făcea fericită și, în loc să se bucure în tihnă de libertate, de faptul că nu mai trebuia să țină cont de nimeni, de posibilitatea de a trăi cum dorește, bate cluburile noapte de noapte, îmbătându-se și trezindu-se dimineața în brațele unor „tentative" de relații.

— Eu nu am fost liberă de douăzeci de ani, de când a apărut tatăl tău în viața mea. Apoi, acum șaisprezece ani, am rămas gravidă și, de atunci, nu mai organizez nicio zi în care doar ce vreau eu să conteze. Trebuie mereu să mă gândesc întâi la tine și la alte priorități. Trebuie să țin cont de ce faci tu, ce program ai, ce facem cu câinele, cum așez lucrurile în firmă, ce întâlniri reprogramez. Înainte să-l cunosc pe tatăl tău îmi planificam lucrurile fix după capul meu. Apoi ai apărut tu și... laaaa revedereeeee.

— Mai ai trei ani, mamă, și poți din nou să nu mai ții cont de nimeni.

— Chiar așa, Maya, cum ar fi ca la cincizeci de ani să pierd nopțile prin cluburi, îmbătându-mă și căutându-l pe Mr. Big? Cam nasol.

De aici a început nebunia. Lucrurile au scăpat de sub control și ne-am distrat copios imaginându-ne cum ar fi să-mi „pierd mințile" la cincizeci de ani, iar fata mea să aibă obligația de a avea grijă de mine.

— Să mă sune ăia, zicea Maya râzând, să vin să culeg Antrenorul Părinților care îi învață pe oameni în cluburi să se joace... femeia care a creat...

Am râs în hohote, imaginându-ne cele mai amuzante scenarii.

Eu râdeam, dar nu era râsul meu. Mi-am dat seama că nu am mai fost singură de douăzeci de ani. Și că voi avea cincizeci de ani când voi rămâne fără grija copilului meu. Și parcă nu m-am mai uitat atât de dornică după relația vieții.

Avea dreptate Narcisa. Nu știm să ne bucurăm de libertate. Nu știm să ne trăim viața asumându-ne fiecare zi, fără să vină nimeni să ne facă să râdem sau să plângem.

Dedic acest text tuturor oamenilor singuri, ce nu s-au gândit nicio clipă să se bucure de răgazul care, precum tot ce e bun, într-o zi se termină.

Întinde-mi mâna, nu-mi da brânci!

„Imaginează-ți viața ca pe un munte. Ideea e să ajungi cât mai sus și urcarea să-ți fie o bucurie." Așa mi-a spus Miki, prietena mea în fața căreia obișnuiesc să-mi pun întrebări cu voce tare. Mi-am dat seama, atunci, de ce nu trebuie să ne concentrăm pe bunurile materiale. Averile, casele, conturile îți îngreunează urcușul, te trag înapoi. Ca să ajung în vârful muntelui trebuie să mă păstrez ușoară, să investesc doar în ce pot duce în inimă și în amintiri. Ele sunt ușor de cărat spre vârf. Trebuie să am grijă de corpul meu, să-l păstrez sănătos și plin de energie. Am grijă de mintea mea. O păstrez curată. Inima trebuie să-mi fie ușoară.

Ce rol au toți oamenii care apar în viața noastră? Ce caută ei acolo? Reflectez la întrebare, gândindu-mă la cei cu care am legătură. Și pornind de la răspuns am scris singură povestea.

Se făcea că... urcam același munte. Și, la un moment dat, ne-am întâlnit pe o potecă. Se pare că n-am pornit deodată. Poate că tu ai urcat mai repede, poate că eu am zăbovit mai mult pe vreun platou... Nu știu cum s-a întâmplat, dar acum suntem umăr la umăr și urcăm același munte. Fiecare cu gândurile lui, cu scopul lui, cu efortul propriu. Dar umăr la umăr. Nu știm cât. Poate eu o să vreau să rămân peste noapte într-o poieniță și tu n-o să dorești să mă aștepți. Și o să pleci mai departe. Poate într-o zi tu vrei să vânezi, iar mie n-o să-mi placă. O să mănânc niște frunze și o să plec mai departe.

Poate o să mă mai ajungi din urmă sau poate nu. Poate o să vrei să-ți faci o colibă sau să-ți trăiești restul zilelor într-o scorbură.

Viața ne poate duce oriunde. Dar acum urcăm împreună muntele pe această cărare. Umăr la umăr. Poți să-mi dai apă din sticla ta, poți să iei din bucata mea de sendviș. Putem să ne minunăm sau să râdem. Putem să ne oprim să ne tragem sufletul. Poate tu știi să aprinzi focul și eu să fac o tocăniță. Pentru ce altceva să ne fi întâlnit pe aceeași potecă? Să ne punem piedici? Să te împing în pantă? Să-mi furi ultima țigară și să o fumezi pe ascuns?

Urcăm același munte. Ne e la fel de greu. Unii ne plângem mai zgomotos, alții strângem din dinți. Unii ne minunăm cu gura până la urechi, alții zâmbim discret.

Dacă ne întâlnim pe aceeași potecă, nu-mi face urcușul mai greu. Rucsacul meu poate să pară mai ușor. Nu-mi pune pietre în el numai pentru că îl pot duce. Și, mai ales, nu-mi da brânci. Eu o să mă ridic și o să urc din nou. Și o să uit. Dar tu o să ții minte.

Deosebește-i pe cei care te iubesc de cei care doar te plac!

I-am confundat de multe ori pe cei care mă plac cu cei care mă iubesc. Le-am acordat de multe ori mai mult credit celor care m-au aplaudat decât celor care mi-au pus oglinda în față. Am suferit de mai multe ori în urma loviturilor date de oamenii de la care nu aveam nicio așteptare, pentru că, în cazul lor, garda mea era jos. Am înțeles târziu că sunt un om care poate fi ușor plăcut, admirat sau invidiat, dar că m-au iubit cu adevărat doar cei puternici, care m-au învățat câte ceva prin toate mijloacele pe care le-au avut la îndemână.

Nu am fost niciodată ușor de dus. Am fost toată viața „caz particular". Chiar dacă am avut de pierdut de-a lungul vieții, nu am știut să stau cuminte în sacra banalitate. Am ieșit din mulțime chiar în mijlocul ei. Ceva la mine a fost altfel. Când toate erau blonde sau brunete, eu eram portocalie. Când toate erau slabe, eu eram grasă. Când toate începeau să-și trăiască viața, eu mă măritam. Când toate începeau să se mărite, eu divorțasem de mult și făceam copii. Când toți se așezau și se gândeau la o viață liniștită, eu lăsam totul în urmă și luam viața de la capăt la o mie de kilometri distanță — singură și fără bani. Când toți își păzeau serviciul în plină criză, eu îmi dădeam demisia și porneam propria afacere. Când femeile din generația mea încep să se resemneze, eu mă simt și arăt cum n-am reușit nici la douăzeci de ani.

Am fost întotdeauna „caz particular". Și așa sunt și acum. Te rog, nu mă băga în nicio oală, nu mă încadra în niciun șablon. Nu am fost pe liste de priorități, pentru că listele astea nu se fac în funcție de cine sau ce-ți aduce bucurie, ci de ce sau cine îți stă în ceafă. Avem tendința de a pune pe lista priorităților, în ordinea presiunii pe care o au asupra noastră, oameni sau lucruri „de rezolvat" și nu „de bucurat".

Am înțeles în ultima vreme că, pentru mulți oameni din viața mea, am fost la coada listei sau nici măcar nu am ajuns acolo, pentru că nu m-au perceput niciodată ca pe o problemă. Nu mă plâng, nu mă smiorcăi, nu urlu după ajutor; de obicei, nu pun în cârca altora problemele mele. Sugerez discret anumite nevoi și mă bucur atunci când ele sunt sesizate. Și mă întâlnesc din ce în ce mai des cu acel „îi pasă". E vorba, de fapt, despre câtă atenție îmi dă cineva: mă vede sau doar se uită la mine, mă ascultă sau doar mă aude, mă iubește sau doar mă place.

Vin momente care îți oferă ocazia să faci puțină ordine în jurul tău și să-i păstrezi doar pe cei care te poartă în inimă și nu în capul sau la coada unei liste. Fie ea și de priorități. Vine vremea să-ți faci mai mult timp pentru cei care te iubesc decât pentru cei care te plac, pentru cei care te și văd, nu doar te privesc, pentru cei care te și ascultă, nu doar te aud.

Sunt „caz particular", dar sunt la fel de fragilă ca tine. Sufletul meu e la fel de sensibil ca al tău. Pot fi rănită ușor și pot să sufăr foarte mult. Am nevoie de afecțiune și de tandrețe, de atenție și de iubire. Am nevoie de gesturi și de cuvinte. Am nevoie de prezența celor care mă încarcă cu energie. Încă nu am crescut suficient cât să știu că le am și fără să le văd.

A venit vremea să-mi fac mai mult timp pentru cei care mă iubesc decât pentru cei care mă plac.

Sunt un caz „particular". Te rog, tratează-mă ca atare.

Cineva care ți-e dator nu are cum să te iubească

Mi-a rămas în cap replica asta din tot spectacolul. Două ore de replici bune. Cuvinte care-ți intră în cap, nu care-ți trec pe lângă ureche.

De multe ori mă gândeam de unde vine atitudinea unora față de mine, a unor oameni pentru care eu făcusem destul de multe lucruri. Social, financiar, uman, emoțional... oameni pentru care eu m-am oprit din treaba mea și din drumul meu, și am stat puțin cu ei și cu problemele lor, încercând să-i ajut așa cum m-am priceput mai bine. Nu ei s-au oprit din drumul lor în treaba mea, ci eu m-am oprit să le întind mâna, indiferent dacă ei au cerut-o sau nu.

Până în seara în care am auzit această replică, spusă în spectacolul *Toți fiii mei* de Arthur Miller, m-am întrebat de nenumărate ori de ce oare, într-un anumit moment, oamenii aceia își schimbau complet atitudinea față de mine. Și culmea, cu cât făceam eu mai mult, cu atât se instala mai abitir distanța și răceala. Văzând spectacolul acesta am înțeles. Nu are cum să te iubească cineva care îți este dator. Cel care îți datorează bani va vedea întotdeauna în fața ochilor datoria pe care o are la tine. Cel care îți datorează o ascensiune pe scara socială se va vedea mereu pe sine cel de jos, unde era atunci când tu i-ai întins mâna să se ridice. Cel pe care l-ai ajutat emoțional să depășească o criză își va aminti mereu cât era de fragil. Oamenii se vor simți datori față de tine, și asta nu-i va mai lăsa să te iubească pur și simplu.

Acum înțeleg de ce eu sunt prietenă de-o viață cu oameni care nu-mi datorează nimic. Cărora nu le-am dat nici bani împrumut, nici nu le-am întins mâna să se ridice, nici nu i-am împins în sus pe scara socială. Sau, dacă s-a întâmplat asta, s-au echilibrat lucrurile în timp, iar ei la rândul lor au făcut diverse lucruri pentru mine, și nimeni nu este dator nimănui. Dacă nu-ți plătești datoriile față de cineva, dacă doar te mulțumești să iei, nu ai cum să-l iubești.

Cineva care ți-e dator nu are cum să te iubească. Ce bine-ar fi să înțeleagă asta și părinții care le spun mereu copiilor lor cât le sunt de datori pentru că i-au făcut, i-au crescut, i-au educat, i-au hrănit, i-au instruit, i-au însurat, le-au îngrijit copiii...

Cineva care ți-e dator nu are cum să te iubească. Poate să simtă pentru tine felurite lucruri. Mai ales o împuținată iubire.

Ce face diferența?

Există două perioade în care cele două sexe se confundă: la naștere și la bătrânețe. Greu poți să-ți dai seama dacă un bebeluș, îmbrăcat neutru, e fetiță sau băiat. Auzim de multe ori întrebarea: „E băiat sau e fetiță?" Nu ne ajută deloc trăsăturile, culoarea părului, vocea, atitudinea. Culoarea hainelor poate face diferența, asta dacă părinții nu și-au propus să spargă barierele și să folosească haine și culori surprinzătoare.

Mă uitam zilele trecute la un grup de oameni în vârstă. Toți purtau pantaloni și bluze în culori terne, cenușii. Toți aveau părul scurt și câțiva dintre ei, ochelari de vedere. Nimeni nu avea barbă sau mustață. Vocile groase nu m-au ajutat deloc să fac diferența. Vorbeau în greacă, deci nicio șansă să mă agăț de discuție.

Intrăm în lume identici și plecăm, dacă avem șansa să îmbătrânim, fără nicio diferență. În afară de haine și accesorii, care se contopesc din ce în ce mai mult, ce face diferența? Care sunt femeile și care sunt bărbații? Aceleași mâini obosite de muncă, aceleași spinări gârbovite de ani... Mă uitam la ei încercând să înțeleg de ce privirea mea e atrasă de un chip plin de negi și, totuși, invariabil, nu puteam să nu-l observ. S-a uitat la mine și am înțeles. Suntem la fel. Și totuși există ceva ce ne deosebește. Seninătatea de pe chip. Căldura din ochi. Împăcarea din privire. Bucuria din zâmbet. Femei sau bărbați, fetițe sau băieți, cucerim cu căldura pe care reușim să o transmitem.

Fii bun. Fii frumos și vei fi atrăgător. Indiferent cum arăți, cine ești și cu ce te îmbraci. Pune iubire în ochi, în zâmbet și în glas. Și toți cei din jurul tău vor vedea asta.

De ce nu mă place toată lumea?

Atunci când întâlnești pe cineva care nu te place, gândește-te că și în viața ta există oameni pe care nu-i placi. Plăcutul nu are nicio legătură cu iubitul. E doar o chestiune de gust.

Unii preferă mai iute, alții preferă mai dulce, iar alții pun o tonă de sare în tot ceea ce mănâncă. Nu este niciunul defect. Niciunul nu a greșit propria lui măsură. Dacă mie îmi cer corpul și sufletul ciocolată, nu sunt nici mai bună, nici mai rea decât tine, care vrei murături.

Am înțeles foarte devreme că nu are cum să ne placă toată lumea. Că sunt oameni care ne înțeleg și ne iubesc și că sunt oameni pe lângă care trecem ca o umbră, iar ei nu observă că am făcut parte din existența lor.

Eu am, în trecutul meu, nenumărați oameni despre care habar nu am că au fost, la un moment dat, parte din viața mea.

Și am oameni de care nu mai vreau să aud. Oameni cu care m-am întâlnit într-un fel extrem de neplăcut și agresiv. Oameni care nu m-au plăcut și, în pofida acestui lucru, au profitat de niște avantaje pe care le aducea relația cu mine și au stat în preajma mea făcându-și lor rău, dar rănindu-mă și pe mine.

Eu am încercat să identific oamenii care nu mi se potrivesc. Nu fac niciodată eforturi să fiu în compania lor, oricare ar fi avantajele pe care mi le-ar aduce, prețul emoțional plătit este prea mare. Dar nu i-am identificat întotdeauna ușor pe cei care au făcut asta în ceea ce mă privește. Au plătit prețul unui compromis și, din păcate, compromisul lor m-a costat și pe mine.

Mi-e clar că nu mă place toată lumea. Propriul copil mi-a spus într-o zi: „Mama, eu te iubesc tot timpul, dar nu te plac întotdeauna." M-a șocat. M-a contrariat, m-a speriat și afirmația ei mi s-a părut nedreaptă. Am stat puțin să mă gândesc și mi-am dat seama că și eu o iubesc pe ea mereu, dar nu o plac întotdeauna. Și pot spune asta despre absolut toți oamenii din jurul meu pe care îi iubesc: nu îi plac întotdeauna.

Dar există oameni pe care nu îi plac nicio clipă. Nu mi se potrivesc. Nu cred în ideile lor, nu-mi plac principiile după care trăiesc, felul în care acționează, nu-mi place muzica pe care o ascultă, felul în care merg sau mănâncă, nu-mi plac prietenii lor și nu-mi plac alegerile pe care le fac. Iar acest fapt este perfect valabil și în sens invers. Aceiași oameni, sau alții, nu mă plac pe mine din aceleași motive și poate din multe altele. Dar, din fericire, există foarte mulți oameni pe care i-am plăcut și pe care-i iubesc.

Am trăit foarte multă vreme fără să iau în seamă acest aspect. Astăzi sunt mai atentă la ceea ce simt decât la ceea ce știu. Astăzi încerc să-mi dau seama ce vrea să spună cel din fața mea, dincolo de cuvintele rostite, și ce intenții are, dincolo de acțiunile lui. Astăzi îmi ascult corpul și inima. Și ele îmi spun exact dacă omul din fața mea îmi vrea binele sau vrea doar să se folosească de mine, chiar dacă nu mă place.

Mai am mult de lucrat la asta. Încă mai pot fi păcălită de oportuniști, încă mai plec urechea la vorbe mieroase și gesturi curtenitoare. Din fericire, în jurul meu sunt mai multe indicii care măsoară gradul de prefăcătorie al celorlalți și mă avertizează când eu nu sunt atentă.

Astăzi știu exact pe cine plac și pe cine nu, știu exact pe cine iubesc, în ce fel și cu ce măsură.

Dacă nu-mi place cineva, pur și simplu dispare, ducându-se, învârtindu-se. Dacă îmi place cineva, pătrunde în inima mea și-și face acolo o căsuță mică, plină de iubire.

Hai să ne facem de râs împreună!

Vă sună cunoscute expresiile: „ne facem de râs", „m-ai făcut de râs", „ești de râsul lumii", „râde lumea de tine"?

Unele expresii moștenite sunt asemenea caselor de pe marginea drumului, pe lângă care trecem și nici măcar nu ne ridicăm privirea asupra lor. Până într-o zi în care ne sare în ochi ceva. La propriu sau la figurat. Și-atunci, în încercarea de a-ți scoate din ochi ce ți-a intrat, îți limpezești privirea și vezi și ce nu ai văzut până atunci. Așa e și cu expresiile. Trec pe lângă urechile noastre, pe unele le folosim fără să le dăm atenție până într-o zi în care sare ceva, cuiva pe limbă.

Și ce dacă ne facem de râs, ar trebui să ne facem de plâns? A fost întrebarea Fetiței Zurli într-un spectacol în care eu am folosit automat expresia auzită de-atâtea ori de la ai mei: „Vezi că te faci de râs!"

Și, pentru prima oară în viață, m-am oprit și m-am uitat la ea. Și-am înțeles de ce noi, oamenii mari din România, avem un simț al ridicolului atât de dezvoltat. Pentru că noi știm că „a te face de râs" e ceva rău.

Nu ne maimuțărim, nu râdem în hohote cu capul dat pe spate și cu mâna pe burtă, ca Moș Crăciun, nu cântăm prea tare, nu fluierăm (că nu se face)...

În general, nu facem lucruri care să aducă zâmbete pe chipurile celorlalți și cu atât mai puțin să-i facă să râdă în hohote. Așa că am ales să ne facem de plâns. Și-am învățat să ne văicărim.

Când ne întreabă cineva cum suntem, începem cu un vai, trecem în revistă câteva lucruri negative, subliniem niște neajunsuri, evidențiem problemele. Nu e nicio rușine să te faci de plâns, să trezești mila celorlalți. Credem că e o problemă să râdă lumea de noi.

Vă propun să repunem în drepturi această expresie. Să ne facem de râs. Să fim cât mai mulți de care să râdă lumea. Cei care nu se pot face de râs măcar să poată râde. Că încet, încet, mușchii fețelor lor se vor relaxa și vor deveni mai mobili și încet, încet vor reuși câte-o strâmbătură timidă.

Mai întâi singuri, în oglindă, o să se facă ei pe ei de râs... și-apoi vor putea face asta cu copiii lor și cu cei din jurul lor.

Hai să ne facem de râs împreună! Și dintr-o lume de plângăcioși și de văicăroși să ne transformăm într-o lume de râzăcioși. Așa, cu gura până la urechi, cu capul dat pe spate și cu mâinile pe burtă. Ca Moș Crăciun. Și, ca pe el, o să ne iubească toți.

Încrederea nu se câștigă, dar se poate pierde

„V-am câștigat încrederea", adică e a mea și pot să fac ce vreau cu ea, pentru că am câștigat-o. Ei bine, nu. Nu a fost niciun război, nu a avut loc niciun concurs, nu am jucat încrederea mea la loto ca să o poți câștiga, și nici la ruletă nu am pus-o pe masă. Încrederea mea este ceva ce îmi aparține, așa cum îmi aparțin și inima, și ficatul, și rinichiul. Nimeni nu le poate câștiga. Cineva, la un moment dat, poate să le primească. Dar niciun contract din lume nu mă poate obliga să i le las la infinit.

Discutam cu cineva care îmi reproșa: „Tu dai încredere oamenilor și apoi ei te dezamăgesc." Nu, nu mă dezamăgesc. Pentru că nu au cum să mă dezamăgească. Eu plec în orice relație cu toată bună-credința la mine. Adică nu dau cinci grame azi, cinci grame mâine… sau, mai simplu, e ca și cum eu aș depune o sumă într-un cont și-aș spune: „Uite, poți să faci ce vrei tu cu banii ăștia, dar înmulțește-i. Fă-i să crească. Eu te las să acționezi cum vrei. Vei putea să folosești «încrederea mea», banii, până la ultimul leu. Ei vor reapărea înapoi, ca prin minune, de fiecare dată când tu vei lua din ei. Folosește contul pentru a îmbunătăți relația dintre noi."

Și așa, eu mi-am depus încrederea în mâna celuilalt. Dacă lucrurile nu stau așa cum ne-am înțeles, eu pot să-mi iau oricând încrederea și plec. Într-o zi, pur și simplu retrag banii din acel cont, iar persoana respectivă nu mai are ce să folosească. E dreptul meu, e depunerea mea. Dau și iau încrederea atunci când vreau, în funcție de datele problemei. Ei bine, sunt oameni care fac crize pentru că nu mai au nimic în contul încrederii mele. Că le-am luat-o. Păi, era a mea. Eu am dat-o, eu am luat-o. Cei care au pierdut-o, au pierdut-o doar pentru că au luat-o ca pe ceva ce li se cuvine, crezând că vor putea toată viața să beneficieze de ea.

Încrederea nu se termină niciodată. Ea doar se dă și se ia. Încrederea se poate pierde.

Dacă mă deranjează paiul din ochii mei, nu mai am timp de bârnele din ochii altora

Încerc să-mi amintesc asta de fiecare dată când ceva nu-mi place la cineva.

Mă trezesc pur și simplu că nu-mi place cum reacționează un om în anumite situații, cum răspunde la unele întrebări. Nu-mi place punctul lui de vedere legat de un aspect al relației noastre. Nu-mi place cum vine sau nu-mi place cum merge, la unul nu-mi place cum tace, la altul cum vorbește. E câte unul care mănâncă într-un fel deranjant, și altul care bea prea zgomotos. Unul face glume și când nu trebuie, celălalt nu face glume cu lunile.

Mă surprind observând lucruri care nu îmi plac la oameni. Așa cum mă surprind în fiecare zi lucrurile care nu îmi plac la mine. Descopăr zilnic câte ceva. Și, în fiecare zi, îmi dau seama că am multe de corectat.

Uneori îmi iese mai bine, alteori e clar că trebuie să mă străduiesc mai mult. Pentru că văd paiul din fața ochilor, nu mă mai deranjează bârnele din ochii altora. Nici nu apuc să le văd pe toate, pentru că paiul mă încurcă rău de tot.

Știu. O să spui că e doar un pai. Da. Dar ăsta e paiul meu, în timp ce bârnele sunt ale celorlalți. Eu mă agăț de paiul meu când mă scufund, eu paiul meu trebuie să-l curăț.

Uneori fericirea mea stă atârnată de paiul ăsta. Și până nu știu sigur că paiului meu nu pot să-i reproșez nimic, nu pot să mă iau de bârne. Pot să mă plimb prin pădurea de bârne, să colind și să văd că toate așteaptă să fie curățate. Pot să hoinăresc prin pădure și să-mi amintesc că fiecare copac e unic. Și că sunt copaci care cu cât sunt mai încolăciți cu atât sunt mai spectaculoși.

Îmi place pădurea, îmi place imperfecțiunea ei. Uneori mă solicită mai mult decât aș vrea, dar, de cele mai multe ori, reușește să mă cucerească și să mă ademenească în toate scorburile ei. Și, în fiecare zi, încerc să-mi țin paiul cât mai ușor și să învăț să iubesc pădurea din spatele lui.

Scapă de cerșetorii de atenție!

Sunt printre cei mai mari consumatori de energie. Oameni care nu fac nimic, dar care consumă pe pâine energia celor care au foarte multe lucruri de făcut. Oameni mult prea comozi ca să acționeze, dar nu într-atât de comozi încât să nu restricționeze. Să-ți restricționeze ție entuziasmul, bucuria, energia.

Identifică-i în jurul tău pe cei care nu mai găsesc energie să facă un lucru bun pentru altcineva, dar găsesc energie să nu facă. Pentru că, până la urmă, tot un efort e și acela de a nu face.

Atunci când faci, câștigi energie. Dăruind, primești. Oferind ți se întoarce, cel puțin, în egală măsură. Atunci când nu faci, pierzi energie. Numai simplul fapt că stai, atunci când ai fi putut merge, îți consumă energia.

Imaginează-ți o morișcă de vânt. Dacă ții morișca în mâna întinsă și mergi, morișca se învârte. Și acum, mergi și încearcă să o ții ca să nu se rotească. Cam ce efort se depune acolo ca să nu se întâmple nimic?

În jurul nostru sunt oameni care aleg să nu lase morișca să se învârtă. O țin cu ambele mâini în timp ce le spun celorlalți că ei nu au energie pentru a face morișca să se învârtă. Nici măcar nu realizează că energia cea mai multă se pierde în acțiunea de a opri acțiunea.

Din punctul meu de vedere, acești oameni sunt cerșetori de atenție. Blochează cursul firesc al unor lucruri și reinventează situațiile în așa fel încât să atragă și mai mult atenția asupra lor.

Nu e treaba mea să le țin și eu morișca să nu se învârtă. Treaba mea e să construiesc eoliene. Cât mai multe. Și cât mai înalte. Să se învârtă singure și mie să-mi dea energia de care am nevoie.

Lasă luptătorii cu moriști să-și ducă singuri bătăliile. Tu fă pace cu măreția eolienelor care stau cu pletele în vânt și cu ochii în soare, gata să primească și să dea energia care ne ține vii.

Scapă de oamenii și de lucrurile care îți mănâncă viața!

Nu poți crește în timp ce o piatră de moară te trage în jos sau în timp ce o persoană îți dă cu ceva în cap.

Atunci când identifici lucruri sau oameni care îți mănâncă viața, scapă de ei. Nu sta să te întrebi de ce ți se întâmplă ție asta. Nu sta să analizezi de ce fac ei asta și cum ai ajuns tu în acel punct. Scapă de ei, pur și simplu! O să ai vreme toată viața să analizezi, dacă o să mai consideri că merită acest efort.

Vorbeam zilele trecute cu o prietenă care înflorește, de vreo doi ani, pe zi ce trece. Momentul care a readus-o la viață, după ce se îngropase în datorii și în mâncare din motive de nefericire, a fost renunțarea la ceva ce îi mânca viața: un apartament pentru care plătise deja niște zeci de mii de euro; rămăsese restantă la bănci și încercase tot felul de artificii financiare. S-a dat peste cap, a făcut tumbe, a întins ața până când nu s-a mai putut face nimic. Într-o zi a pocnit. Și-atunci, fata mea s-a mutat pur și simplu cu chirie și le-a spus celor de la bancă: „Luați apartamentul, că mie îmi mănâncă viața.“

Nu i-a fost ușor să ia această decizie. A încercat toate tertipurile, a pus în practică toate strategiile făcute de cei care nu doreau decât să o țină captivă în povestea asta din care ei câștigau banii pe care ea îi pierdea. Într-o zi a zis: „Stop joc! O să pierd o casă, dar o să câștig liniște." Acela a fost sfârșitul unei lungi și foarte grele perioade din viața ei. A pierdut niște bani, dar a câștigat niște ani. De fapt, i-a câștigat pe toți. Pentru că prietena mea și-a dat seama că se poate trăi și după ce ți-ai pierdut casa în care ai investit tot ce-ai câștigat vreo zece ani. Și, surpriză, a descoperit că se poate trăi mult mai bine. Diferența de bani dintre chirie și rată era substanțială și nu mai trebuia să suporte, pentru a-și păstra veniturile, niște șefi care îi mâncau sufletul pentru a putea plăti o casă ce-i mânca viața.

Și uite-așa, a luat-o de la capăt cu totul: altă casă, alt job, altă perspectivă asupra aceleiași singure vieți. Nu e o altă viață. E doar viața ei, privită și tratată cu grijă și cu atenție.

Ea știe cum e să o iei de la capăt. Nu se mai teme de asta. Acum e cu ochii-n patru și identifică mai repede și mai ușor oamenii și lucrurile care ar putea să îi mănânce viața. Am fost acolo să îi amintesc că acel apartament nu este viața ei și că ea alesese să-și încuie viața în apartamentul acela.

Nimeni nu e viața noastră, dar ne închidem viețile în tot felul de oameni, orașe, case, joburi, visuri, planuri.

Viața are nevoie să se miște, liberă de orice obligații. Ea nu poate fi plătită în rate. Poate fi luată cu totul și pierdută pe de-a-ntregul.

Oprește-te o secundă din tot ce faci, ieși din malaxorul în care ai intrat de bună voie și uită-te puțin în cuvă. Acolo e viața ta. O hrănești cu ce are ea nevoie ca să crească mare și frumoasă ori pe marginea cuvei stau întinse mâini care rup bucăți din viețișoara ta? Îi dai vieții tale hrană sau oamenii din jurul tău se hrănesc din viața ta?

Dacă ai identificat persoanele care-ți mănâncă viața, taie-le rația. Anunță-le că s-a închis cantina socială și că vor fi nevoite să caute de mâncare în altă parte. Că n-au știut să ia cu măsură și au golit frigiderul. Ia-ți viața în brațe, mângâi-o și află care sunt lucrurile care îi pică bine. Și nu-i mai da nimic din ce-i cade greu la stomac. Nimic care balonează, constipă, creează indigestie. Fă-o să plesnească de fericire, nu de suprasaturație.

Uneori ne îngrijim mai mult de unghii, de păr, de casă, de mașină, de serviciu, de bărbat, de părinți, de copil, de vecin, decât de propria viață. Prietena mea a înțeles asta, iar astăzi viața ei este prima preocupare. A înțeles că ea trebuie să aibă o viață frumoasă pentru a-și ajuta copilul să-și construiască propria lui viață frumoasă. Și a înțeles la timp că un bun material care nu ni se mai potrivește poate să ne mănânce viața, în loc să ne-o facă mai frumoasă. Un bun material nu e întotdeauna bun.

Scapă de oamenii care-ți mănâncă viața! Scapă de lucrurile care te consumă prea mult! Cât încă ai timp să te bucuri de cel mai important bun pe are îl ai: viața!

Sunt câțiva oameni pe care aș vrea să-i cunosc și foarte mulți pe care îi cunosc degeaba

Am sentimentul că nu mai am timp de pierdut și văd în jurul meu câțiva oameni pe care îmi doresc să-i cunosc și nu apuc, pentru că stau agățați de mine oamenii pe care îi cunosc degeaba.

Oamenii sunt pentru mine foarte importanți. Recunosc, iubesc oamenii mai mult decât iubesc animalele, florile, păsările, mâncarea, vacanțele... Cel mai mult pe lumea asta iubesc oamenii. Un om de calitate mă poate face să mă simt în al nouălea cer chiar dacă sunt cu picioarele pe pământ. O minte deșteaptă mă plimbă de-a lungul și de-a latul pământului într-o simplă discuție, în timpul căreia mă simt mai bine decât m-am simțit în multe dintre călătoriile mele prin lume. O inimă caldă îmi dăruiește atâta bucurie câtă nu încape într-un vagon de flori, iar o voce frumoasă îmi bucură urechile și mă face să cânt de fericire mai bine decât toate stolurile de păsări de pe pământ.

Iubesc oamenii. Îmi place să trăiesc printre ei, îmi place să-i descopăr, să facem lucruri împreună, îmi place să le fac loc în viața și în inima mea. Nu îmi plac toți oamenii. Sunt oameni cu care nu am ce să vorbesc, oameni care nu mă fac să râd, oameni care nu-mi oferă cea mai frumoasă imagine. Oameni care mă deranjează, mă încurcă, mă blochează, oameni care mă folosesc și oameni care mă păcălesc. Sunt oameni cu care aș fi vrut să nu mă fi întâlnit niciodată. Dar, dintr-un motiv sau altul, drumurile noastre s-au intersectat. De ei aș vrea să scap cât mai repede.

Aș vrea să iasă din viața mea, de bună voie și în vârful picioarelor, toți oamenii cu care eu nu am nimic de împărțit. Nu vorbim aceeași limbă, nu ascultăm aceeași muzică, nu râdem la aceleași glume, nu privim în aceeași direcție și nu împărțim aceleași visuri. Nu-mi place să-i dau eu afară, dar voi găsi o modalitate prin care să-i pierd pe drum pe cei care nu înțeleg că trebuie să te îndepărtezi de oamenii cu care nu ai nimic în comun. Caut o metodă prin care să mă eliberez de toți oamenii care sunt în plus în viața mea.

Dau la schimb timpul pe care mi-l irosesc o sută de oameni pe care îi cunosc degeaba pentru bucuria de a petrece timpul cu un singur om pe care aș vrea să-l cunosc și nu apuc.

PARTEA II

...astăzi e, mai ales, despre copii, dar și despre părinți

Atenția unui copil se câștigă, nu se cere imperativ

Prietena mea se plângea zilele trecute că are un copil tare neatent: „Nu e atent deloc, îi intră pe o ureche și-i iese pe cealaltă tot ce-i spun eu."

Ea zicea bine — „copilului îi intra pe o ureche și-i ieșea pe cealaltă" tot ce-i spunea ea. De ce nu-i rămânea în cap? Pentru că ea nu spune lucruri care să rămână, ci doar care se scurg, alunecă, trec.

Copiii se nasc curioși, nu atenți. Dacă îi vrem atenți, trebuie să îi creștem așa. Atenția se câștigă. Un copil îți va acorda șansa de a-l face atent. Dar nu întotdeauna va fi și politicos să se prefacă atent. Sunt oameni care pot să țină trează atenția celorlalți povestind, explicând, comunicând un mesaj prin diverse mijloace. Fiecare este atent la diferiți stimuli. Nu ne trezesc atenția aceleași lucruri. Da, ai înțeles corect. Atenția trebuie trezită, pentru că ea, în cea mai mare parte a timpului, doarme.

Dacă vrei un copil atent la ore, trebuie să-i trezești atenția. Orice bun pedagog trebuie să găsească cele mai potrivite mijloace să aducă atenția în starea de veghe și să o mențină acolo. Cu ochii larg deschiși. Ai văzut, cu siguranță, cum cască un copil sau un adult când își pierde atenția. De fapt, atenția lui se pregătește să meargă la culcare. Vrei să ai un iubit atent? Atunci găsește cele mai bune metode, subiecte, situații de a-i ține atenția trează asupra ta. Dacă tu îi lași atenția să doarmă, sigur o să se găsească altcineva care să-l scoată din amorțire.

Dacă vrem ca oamenii să fie atenți la noi, depinde de noi să acționăm în consecință.

Nu mai certa copiii că nu sunt atenți. S-au născut curioși, iar rolul părinților este să-i facă atenți!

Dacă nu găsesc ei cu ce să le țină atenția trează, se vor găsi alții, și nu sunt întotdeauna cu cele mai potrivite subiecte. Copiii aleg jocurile, aleg Youtube-ul, aleg toate lucrurile acestea pentru că le hrănesc curiozitatea și le țin atenția trează. Părinții care au descoperit cheia cu care deschid lacătul dormitorului în care stă atenția sunt părinți fericiți. Ei știu pe ce buton să apese și să facă din copilul lor un copil atent la lucrurile din jurul lui, nu unul plictisit de aceeași placă uzată: „Fii atent!"

Când părinții se despart, inima copilului se rupe în două

Dacă îți este greu să vizualizezi asta, ia o cană și sparge-o în două. Și o alta pe care să o faci țăndări. Acum, cu o soluție specială, lipește cana spartă în două. O să îți ia câteva minute. În alte câteva minute se usucă lipiciul și, până spre seară, poți să bei din nou apă din cana reparată. O să se vadă locul unde a fost lipită, dar ea va rămâne la tine în bucătărie, o cană între toate celelalte căni. Va învăța să conviețuiască pe raft alături de cănile ciobite, alături de cele fără toartă și alături de cele noi sau perfecte. Atât timp cât știe că e „prezentă" în viața ei de cană, că e utilă, folositoare, că nu e spartă, într-o zi o să se obișnuiască și cu lipitura și nici n-o s-o mai simtă.

Acum încearcă să lipești cana făcută țăndări. Ai zeci de bucăți împrăștiate pe gresie. O să-ți ia ceva timp să le aduni, să le alegi și apoi să refaci cana ciob cu ciob. Cu muuuultă răbdare vei reuși să le pui cap la cap. S-ar putea să fii un meșter atât de bun, încât să repari cana, pentru a o folosi din nou. Acum, între cana spartă în două și cea făcută țăndări nu mai e decât o diferență estetică. Sunt două căni care au fost sparte și, după ce au fost lipite, amândouă funcționează la fel. Dar cât timp ți-a luat să o repari pe prima și de câtă răbdare și implicare ai avut nevoie în cazul celei de-a doua? Compară prima cană cu un copil ai cărui părinți s-au despărțit, dar în acțiunea lor au avut grijă de inima copilului. Și, dincolo de faptul că i-au rupt-o în două, au reparat ușor defecțiunea. În cel de-al doilea caz, inima copilului a fost făcută țăndări de doi părinții complet neatenți la ce simte cea de-a treia parte implicată.

De multe ori, copilul își strânge singur cioburile și le lipește. Sunt situații în care vine o bunică înțeleaptă, îi vede inima țăndări pe gresie și devine ea chirurgul care operează. Sau apare cineva în viața acelui om și îl ajută să înțeleagă că el nu a iubit și nu s-a lăsat iubit de nimeni, pentru că inima lui nu e întreagă. Și, cu iubire și cu răbdare, îl ajută să-și adune inima și să și-o pună la loc.

Stă în puterea și în înțelepciunea celor doi părinți să „lipească" o inimă ruptă în două. Dar, din păcate, orgoliul și neștiința îi determină pe unii părinți să facă țăndări inima copiilor lor atunci când ei nu mai vor să fie împreună.

Cere-i voie copilului tău să vorbești în numele lui!

Da, știu, te surprinde și sigur te întrebi: „Ce e prostia asta? Cum adică să-i cer voie să vorbesc în numele lui?" Din păcate, majoritatea părinților se transformă în purtătorii de cuvinte ai copiilor lor. Și nu doar le poartă, le și folosesc. Și când toate cuvintele copilului tău sunt într-un sac legat la gură, care e în mintea ta, cum vrei să mai scoată copilul cuvinte pe gură?

„Copilul meu nu scoate niciun cuvânt atunci când întâlnim oameni noi. Când este întrebat ceva, se uită la mine cu o privire disperată. Dacă eu plec de-acolo și îl las cu noua cunoștință, îi turuie gura ca o moară stricată. Nu mai știu ce să mă fac cu el!" I-am auzit spunând asta pe mulți oameni apropiați mie. Și-așa mi-am amintit că și eu m-am confruntat cu aceeași problemă. Doar că mi-am dat seama repede că problema nu era a copilului, ci a mea. Era ceva ce trebuia neapărat schimbat, dar nu în comportamentul celui mic, ci în apucăturile celui mare.

E greu să te abții și să nu reacționezi atunci când copilului tău i se pune o întrebare, iar el întârzie prea mult cu răspunsul. Dacă are chef răspunde, însă, dacă nu i se pare interesantă sau importantă întrebarea, s-ar putea să nu aibă chef să se gândească la un răspuns. Sau să-l formuleze. Sau poate nu are chef să-i dea glas. Pentru că întârzie răspunsul celui mic ne grăbim noi, adulții, să spunem lucruri în locul lor. Și, la un moment dat, ei nu mai spun nimic până nu primesc aprobarea noastră. De-atâtea ori am dat noi răspunsurile perfecte, încât acum copilul nostru se teme că nu va ști să fie la fel de bun. Și-atunci caută ajutor. Și aprobare. Și din priviri vrea să știe care e răspunsul cel mai potrivit pe care îl așteptăm de la el. Eu am observat această nevoie a copilului meu de a avea aprobarea mea, nevoie născută din super-prezența mea de spirit. Nevoie născută și crescută cu fiecare răspuns dat de mine în locul ei. Cu cât părintele e mai tăcut și nu se grăbește să răspundă, cu atât mai tăcut îi lasă loc piticului să-și limpezească mintea. Pentru că eu am mai identificat o frână în rapiditatea cu care copiii răspund: numărul mare de întrebări pe minut. Nu trebuie să fim specialiști în psihologie ca să observăm și să acceptăm că un copil nu prea are cum să răspundă atunci când întrebările se revarsă asupra lui în cascadă:

„Cum te cheamă? Câți ani ai? La ce grădiniță ești? Ce vrei să te faci când o să crești mare? Ce rochiță frumoasă, cine ți-a cumpărat-o?“ Și-l vezi pe copilul tău, care vorbește câte-n lună și-n stele, că stă și se uită ca vițelul la poarta nouă.

— Când te întreabă lumea lucruri, de ce nu vorbești? am întrebat-o într-o zi pe Maya.

— Pentru că nu știu la ce să răspund mai întâi, ce e important și ce nu, ce trebuie să spun...

Eu am identificat aceste două probleme în comportamentul meu și am început un exercițiu nou și foarte greu: am început încet, încet să tac. Să-mi țin gura. Să-mi mușc limba atunci când îmi venea să vorbesc în locul ei. Direct proporțional cu efortul meu de a tăcea era efortul ei de a vorbi în prezența mea. Și, cu cât tăceam eu mai mult, cu atât mai multe răspunsuri putea ea să formuleze. Mai întâi, a învățat să răspundă repede și la obiect. Apoi a renunțat să mai caute în privirea mea aprobarea pentru ceea ce spune. Astăzi, după aproape zece ani, își asumă foarte clar toate răspunsurile. Vorbește ce vrea, când vrea și cu cine vrea. Iar eu am învățat să-i cer voie atunci când vreau să vorbesc în numele ei. Ne-am câștigat dreptul de-a ne respecta intențiile.

Cine se ascunde în spatele unui copil?

În spatele unui copil vesel e o mamă înțeleaptă.
În spatele unei fetițe senine e un tată implicat.
În spatele unui băiat liber e o mamă inteligentă.

În spatele unui copil agresiv e nevoia de afecțiune.
În spatele unui copil curajos e un părinte și mai curajos.
În spatele unui copil trist e un părinte neatent.
În spatele unui copil fricos e un părinte și mai fricos decât el.
În spatele unui copil vesel e o casă veselă.
În spatele unui copil sclifosit e nevoia de atenție.
În spatele unui copil credincios e o bunică.
În spatele unui copil liber sunt doi părinți liberi.
În spatele unui copil-lumină e un părinte-soare.
În spatele unui copil fericit sunt doi părinți fericiți. Împreună sau separat.

Când un copil te alungă, el vrea, de fapt, să rămâi

„Pleacă, vreau să pleci…"

Cam de câte ori i-ai spus asta partenerului sau partenerei, celui mai iubit dintre toți pământenii? Mai ții minte cum te-ai simțit în momentul în care a ieșit pe ușă? Cum ai fi urlat „întoarce-te", dacă orgoliul nu te-ar fi oprit să faci asta?

Un „pleacă", spus de un copil, nu înseamnă altceva decât: „Arată-mi că mă iubești, spune-mi că sunt important pentru tine, dovedește-mi că nu mă vei părăsi oricâte prostii aș face. Când un copil îți spune pleacă, cel mai bun lucru pe care îl poți face e să rămâi.

Să rămâi și să-i spui că, dacă ai fi singur pe lume, ai pleca. Dar, de când există el în viața ta, nu mai poți umbla brambura.

Când fetița mea mi-a spus „pleacă", m-am oprit o secundă și m-am gândit că este o mică teroristă alintată și că o să-i arăt eu cum e să fii singur. Apoi, am tras aer în piept și mi-am dat seama că aș intra într-un conflict pe care nu mi-l doresc. Că aș adânci o criză mai mult decât e cazul. M-am întors din drum, m-am așezat lângă ea și i-am povestit: „Până să vii tu în viața mea, plecam unde voiam și când voiam. Și stăteam cât aveam chef. Acum nu-mi mai vine să fac asta. Plec doar atunci când e nevoie și cât e nevoie. Și abia aștept să mă întorc în locul în care ești tu, pentru că aici mă simt fericită. Chiar dacă nu ești cea mai simpatică persoană din lume și, uneori, aș prefera să nu văd boticul tău și privirea asta, tot cu tine e cel mai frumos. Eu nu te voi părăsi niciodată. Orice-ai face. Între noi e o legătură invizibilă, ca un elastic. Și se întinde oricât de mult e nevoie, iar când trebuie să mă întorc mă trage pur și simplu spre casă. Pentru mine, cel mai frumos loc de pe planetă e acolo unde ești tu. Poți spune pleacă, dar trebuie să știi că eu nu pot să plec."

Copiii care se nasc în aceste vremuri sunt copii doriți

Cei mai mulți sunt copii făcuți conștient, copii pentru care părinții au ales, s-au străduit, i-au visat și i-au chemat. Copiii zilelor noastre sunt doriți de cel puțin unul dintre părinți. Și, din fericire, în majoritatea cazurilor sunt doriți de amândoi. Au venit în familii nerăbdătoare să-i aibă. Și la părinți dornici să le ofere cea mai frumoasă viață posibilă.

Generația mea și a părinților mei nu a fost așa. Noi am fost copii „întâmplați". Pe mulți dintre noi, părinții ne-au făcut pentru că nu aveau încotro. De mulți dintre noi, ar fi vrut să scape. Astăzi părinții se roagă să li se întâmple minunea și să vină pe lume copilul atât de mult dorit, însă părinții noștri se rugau să se întâmple o minune să n-aibă parte de vreo „minune".

Părinții de astăzi fac tot ce pot să fie cei mai buni părinți pentru copiii lor. Încearcă să învețe ce nu te învață nimeni și să repare cât mai mult din modul greșit în care au fost educați. Încearcă să pună mai mult accent pe emoții și pe suflet decât pe nevoile materiale. Părinții de astăzi sunt propriii lor educatori, pentru că și-au dorit copiii și sunt recunoscători că au devenit părinți.

Pe mine, părinții m-au iubit mai mult decât orice pe lumea asta. Și pe prietenii, și pe vecinii mei părinții i-au iubit cât de mult au putut. După ce i-au avut, i-au iubit. Dar foarte puțini părinți din generația părinților noștri și-au dorit cu disperare copii. Mulți dintre ei au ajuns adulți, în familii cu mulți frați, mulți dintre ei fiind părinți înainte de a avea propriii copii. Departe de mine gândul de a privi altfel situația lor decât cu condescendență și cu infinită înțelegere.

Metodele contraceptive erau motiv de pușcărie în anii comunismului. Sunt femei care și-au pus viața în pericol, și unele dintre ele și-au și pierdut-o, pentru că ar fi vrut să decidă singure când și câți copii să aibă.

Astăzi, părinții pot să facă absolut conștient această alegere. Și e principalul motiv pentru care copiii de astăzi sunt doriți. Îi văd, îi întâlnesc, îi aud și îi recunosc pe acești părinți. Sunt mulți. Foarte mulți. Și principala diferență este aceasta: copiii de astăzi sunt copii doriți și crescuți, în primul rând, cu iubire. Nu e nimic mai important. Restul se învață.

Copiii cresc cu părinții.
Cei care cresc lângă părinți cresc singuri

Copiii cresc cu părinții. De mână. Mână în mână. Umăr lângă umăr. Șold lângă șold. Cu cât crește copilul în înălțime, cam tot cu-atât ar trebui să crească și părintele în înțelepciune. E cea mai onestă măsură a maturizării.

Dacă nu crești împreună cu copilul tău, dacă nu ești parte din creșterea lui și el nu este măsura creșterii tale, înseamnă că a crescut singur. Că a crescut pe lângă tine. Cu hrana, cu acoperișul și cu hainele pe care i le-ai dat. Dar cât ai crescut tu împreună cu el? Așa cum un copil poate să crească brusc într-o vară și la începutul toamnei să vezi că e mai înalt decât tine, la fel poate să crească și emoțional. Nu căuta iarna un bârlog în care să intri și să dormi liniștit. Nu fi urs(uz). Nu fi leneș. Nu căuta bârloguri în care să hibernezi. Agață-te de fiecare liană și sari din creanga în creanga minții. Fii maimuță curioasă și jucăușă. Fii pantera, care studiază cu atenție fiecare pericol, și fii leoaica, care și-a dezvoltat abilitatea de a mirosi pericolul de la distanțe foarte mari.

E important să crești împreună cu ei. Crești pentru tine crescând pentru ei. Descoperindu-te pe tine, va fi mult mai ușor să-i descifrezi pe ei. Poți alege să-i lași să crească pe lângă tine. Dar atunci asumă-ți faptul că într-o zi o să te întreacă rău de tot, iar distanța dintre voi va fi foarte mare. Și ei, pentru că tu nu vei putea ține pasul, vor crește singuri. S-ar putea să crească frumos, pentru că drumul lor e mereu protejat. Pierderea este însă, în primul rând, a noastră, a părinților.

Cu fiecare copil pe care îl crește, un adult își oferă șansa să crească la rândul lui. Cu cât ne aplecăm de șale, cu atât ar trebui să ne înălțăm în înțelepciune.

Copilul tău s-a descurcat singur în uter. Sigur se va descurca și printre oameni

Acceptăm că sarcina e o minune și că minunea aceea care crește în noi nu ne aparține. Suntem perfect conștiente că singurul lucru pe care îl putem face pentru copilul din uter este să avem grijă de noi.

Cât suntem însărcinate mâncăm alimente sănătoase, renunțăm la alcool și tutun, ascultăm muzică bună, ne relaxăm, dormim, ne plimbăm, râdem mult și ne gândim la ce se întâmplă cu noi și cu viața care crește încet, încet în interiorul nostru. Suntem perfect conștiente că nu ni se datorează și că noi nu putem face nimic pentru fătul din uter. Să crească mai repede, mai mare, mai sănătos, mai deștept, mai activ, mai simpatic, mai charismatic, mai iubitor, mai respectuos...

Noi putem doar să avem răbdare să crească. Așa cum primăvara trebuie să avem răbdare să vedem cum crește iarba, sau mai bine zis să nu vedem, și să avem încredere că într-o zi o vom descoperi gata răsărită sau gata crescută. Nu știu ce se întâmplă de uităm la un moment dat toate lucrurile astea. Uităm că puiul nostru, făt fiind, s-a descurcat singurel în uter. Nu s-a înecat cu lichidul amniotic, nu s-a spânzurat cu cordonul ombilical, nu și-a rupt mâinile și picioarele atunci când s-a străduit să iasă de-acolo. Singur și-a luat tot ce i-a trebuit din celulele noastre și a a venit pe lume când a vrut și cum a vrut. Adică, prima demonstrație de independență și prima dovadă că e o ființă complet separată de noi, capabilă să ia decizii și să evalueze situații, le-am avut înainte de a ne cunoaște și de a ne vedea copilul. Știu mame care au comunicat perfect cu pruncul lor aflat în uter, care a transmis exact ce vrea și ce nu vrea de la cei care încercau să ia decizii pentru el.

Știu mame care au fost sfătuite să renunțe la copil, mame care au fost speriate și îngrozite de diverse ecografii și păreri, și, cu toate cele spuse de cei din jur, din interior mesajul era altul. Iar mamele care au ales să țină cont de ceea ce simt au ales corect. Au ascultat vocea din uter, care știa exact ce și cum vrea. Nu știu unde se rupe într-o zi comunicarea și încrederea. Dispare conștiința faptului că nu ne aparțin copiii noștri. Brusc ne temem pentru viața lor, pentru sănătatea lor, pentru viitorul lor. Brusc uităm că nu ni se datorează absolut deloc venirea lor pe lume și că nu a depins de noi forma gurii, culoarea ochilor, desimea părului și nici măcar personalitatea sau sexul nu le-am putut alege.

Ai încredere în instinctul lor de supraviețuire. Ai încredere în destinul pe care îl au copiii tăi. Ajută-i să învețe să trăiască printre oameni, amintindu-ți că ei s-au descurcat foarte bine să trăiască nouă luni singuri în uter. Amintește-ți că nu ai putut interveni cu nimic, cu adevărat.

La fel stau lucrurile și mai departe. Ceea ce trebuie să se întâmple cu viața lor, se va întâmpla. Dacă vrem să facem ceva pentru copiii noștri, trebuie să facem fix ceea ce făceam și când ei erau în burtică: să avem grijă să fim fericite, pentru că ei atât iau de la noi—energia. Și dacă noi simțim îngrijorare și frică, asta vor lua. Dacă noi suntem triste și nemulțumite, asta vor avea. Dacă viața noastră este o înșiruire de frustrări și de complexe, ei vor pune în sufletul lor exact ceea ce găsesc în noi.

Fii bucurie, fii sănătate, fii soarele care se află în spatele copiilor tăi. Ai încredere că ei se vor descurca, dacă trebuie să se descurce, și cu tine, și fără tine. Dacă mâine ai dispărea, din orice motiv, ei vor supraviețui. Cât ești lângă ei, hrănește-i cu tot ceea ce le trebuie pentru a evolua. Așa ca în uter: căldură, afecțiune, hrană sănătoasă pentru trup și pentru minte, atenție și, neapărat, multă iubire.

Copiii care nu au Facebook pentru că le-au interzis părinții au, de fapt, conturi false

Am vorbit cu Maya despre pedofilul din Mangalia despre care circulă în ultima vreme un articol. I-am povestit Mayei subiectul. Răspunsul fetei mele mi-a confirmat cât de frumos sunt așezate lucrurile în mintea ei: „Unde erau părinții acelor copii? Cum au putut să facă și să trimită fotografii, iar părinții lor să nu aibă habar de cum folosesc copiii lor telefoanele și computerele?"

Vorbind despre subiect, mi-am amintit cum a fost când i-am făcut contul de Facebook. Ne-am așezat amândouă la computer, i-am făcut contul și i-am arătat toate minusurile și plusurile. I-am atras atenția asupra tuturor pericolelor. Aseară, mi-a zis că din acea discuție a fost ceva ce i-a rămas în minte mereu: „Să nu postezi și să nu trimiți nimic de care ți-ar putea fi rușine dacă aș afla eu. Dacă simți cea mai mică strângere de inimă înainte de a scrie și de a trimite ceva, gândește-te cum vei sta în fața mea dacă voi descoperi acel mesaj sau acea postare."

A mai impresionat-o ceva. I-am dat parola de la contul meu de Facebook și i-am spus că eu nu am absolut nimic de ascuns. Că nu mi-e rușine de nicio conversație, că poate, oricând dorește ea, să intre în contul meu. Mi-am amintit că vorbeam mereu despre toate întâmplările, că veneam cu tot felul de povești ca să-i dau exemplu pentru ce se întâmplă atunci când nu ești atent și ai garda jos. Am vorbit despre faptul că mulți dintre oamenii pe care noi îi cunoaștem le interzic copiilor să aibă conturi de Facebook.

—Mamă, soluția nu e să li se interzică lucruri copiilor. Părinții trebuie să-și facă timp să le vorbească și să le explice viața. Dacă părinții ar fi prietenii copiilor lor, niciun pedofil n-ar mai avea șanse să-i păcălească. Mulți copii se tem să le spună părinților ce li se întâmplă. Sunt pedepsiți și certați, de aceea preferă să facă lucrurile pe ascuns. Știu foarte mulți copii cărora părinții le-au interzis să-și facă pe Facebook conturi cu numele lor. Și-atunci ei și-au inventat identități false. Dacă părinții sunt mințiți în privința asta, de ce n-ar fi mințiți și în cazul unor probleme majore?

Maya mi-a mărturisit că nu știe dacă aveam într-adevăr încredere în alegerile ei, dar i-am lăsat mereu această impresie. Iar încrederea mea în ea a păzit-o de multe greșeli. Pentru că am fost întotdeauna de partea ei, nu a avut nevoie să fie de partea altora.

Copilul tău nu e un produs de vânzare

Copilul tău nu e un produs pentru care să faci planuri de vânzare și de la care să aștepți să-ți vină profitul. Sunt părinți care cred că ideea de părinte merită mai mult timp și necesită mai mult efort decât copilul însuși.

Nu-ți mai pierde vremea cu tot felul de cursuri care te învață cum să-ți crești copilul în șapte capitole și în cinci pași. Nu-ți mai irosi energia făcând pachete de marketing parental despre cum să obții rezultate pe termen mediu și pe termen lung.

Nu există rețete care să te învețe să fii o mamă bună. Nici cursuri care să facă din tine tatăl perfect.

Oamenii au tot felul de teorii. Eu povestesc întâmplări. Îi rog pe părinții pe care îi întâlnesc să ia din experiența mea doar ceea ce li se potrivește. Fiecare copil e unic, fiecare părinte e un „caz particular". Nu te băga într-o oală în care cineva pune piper, sare, legume, carne, apă după gustul său. S-ar putea ca pentru tine să fie prea mult sau prea puțin.

E important să împărtășim. E bine să ne întâlnim cu alți oameni care rezonează cu preocupările și cu problemele noastre. Dar nu lăsa pe nimeni să îți scadă încrederea în tine și nici nu încerca să-i copiezi pe alții.

Întâlnește-te cu alți părinți ca să îți amintești ce misiune frumoasă trăiești. Aceste întâlniri ar fi bine să îți aducă aminte, în primul rând, că nimeni nu poate face nimic din ceea ce poți face tu. Succesul unui părinte se măsoară în fericirea copilului lui. Și această fericire, cel puțin în primii lui ani de viață, depinde exclusiv de noi, părinții.

— Ce obiective să-mi propun, pe termen mediu și lung, pentru copilul meu, și care sunt pașii prin care pot ajunge acolo? m-a întrebat o mămică la o întâlnire „Antrenorul Părinților".

— Eu nu-mi propun nimic nici pe termen mediu, nici pe termen lung.

Eu îmi propun, în fiecare dimineață, să fiu o mamă și o femeie mai bună decât am fost ieri, să fiu mai atentă la lucrurile mărunte și importante din viața mea și din viața ei, să observ, să ascult, să mângâi, să zâmbesc, să răspund cu voce caldă, să spun „te iubesc", să fac bucurii, să pregătesc un mic dejun care să o surprindă, să mă găsească acasă când vine de la școală, să-mi fac timp pentru ea și nevoile ei, să ne plimbăm, să citim, să stăm împreună.

Copilul nu este produsul tău. Tu nu-l poți face om. El este deja. L-a făcut Dumnezeu înaintea ta. Tu poți să-l faci, în schimb, un om fericit sau poți să-l faci un om fricos, sau trist, sau curajos, sau liber, sau dependent, sau, sau, sau... Da. Lângă substantivul om, pe care l-a dat deja Dumnezeu, părinții mai pot pune adjective.

Alege adjective frumoase pentru copiii tăi. Copilul nu e un produs de vânzare, care să aibă nevoie de strategii de marketing. Copilul tău e un suflet. Și are nevoie să stai cu el, să-i vorbești, să te joci, să-l iubești, să-l asculți, să-l înțelegi, să te așezi cu el pe covor, să-l ridici deasupra capului... El se lasă în mâinile tale ca în mâinile lui Dumnezeu.

Să-ți amintești mereu că e în mâinile tale și că în tine crede ca în nimeni altcineva.

Crește-l să fugă spre tine, nu de la tine

Adolescența e momentul critic din viața fiecărui părinte. E momentul zero, care pune la încercare tot ce ai construit și tot ce ai gândit treisprezece, paisprezece ani în legătură cu copilul tău.

Indiferent cât de bun e copilul, indiferent cât de înțelegător și de răbdător e adultul, adolescența vine ca o tornadă și din ea scapă cine poate. Sau cine știe să înoate.

Sunt relații părinți-copii care se zguduie rău de tot, dar rămân în picioare atunci când vine tornada numită adolescență. Dar sunt și relații construite fragil, fără o fundație prea solidă, iar tornada „adolescență" dărâmă tot în calea ei, iar din relația părinte-copil se alege praful.

Oricum am lua-o, oricum am întoarce-o, perioada de adolescență a copiilor noștri este cea mai solicitantă din tot ce putea fi solicitant în creșterea unui copil.

Toate transformările hormonale ne fac zile fripte și nouă, și lor. Și cum de la ei nu prea avem dreptul să ne așteptăm la mare lucru, cel mai mult ar trebui să facem noi. Cea mai mare frică a unui părinte e fugitul de-acasă al copilului. Și-apoi fumatul, băutul, drogurile, sexul. Mă voi opri la fugitul de-acasă, pentru că deja mă apucă groaza numai gândindu-mă la celelalte.

Eu îmi cresc copilul să fugă. Dar să fugă din orice loc s-ar simți în cel mai mic pericol. Să fugă mâncând pământul atunci când în jurul ei se întâmplă lucruri nesănătoase. Să fugă de compania celor care creează și alimentează conflicte. Să fugă din calea oamenilor răi. Să fugă de găștile care demolează. Să fugă din locurile din care nu are nimic de învățat. Să fugă de la petrecerile plictisitoare, de cărțile care nu au nimic de spus, de oamenii care nu i se potrivesc, de muzica care nu o reprezintă. O învăț de mică să fugă. Ea trebuie să știe că are voie și că, uneori, fuga e foarte sănătoasă. Unde să fugă? La mine. Locul cel mai sigur de pe planetă. La mine va găsi mereu pace, liniște, iubire, lucruri sănătoase și armonie. Ușa mea este deschisă pentru ea.

Îmi învăț copilul să fugă spre mine atunci când viața îi ridică tot felul de obstacole. Atât timp cât la mine îi e cel mai bine și e fericită, e locul cel mai bun de pe planetă, deci copilul meu nu va simți nevoia să fugă în altă parte. Va simți nevoia să plece. Așa cum am plecat toți, la un moment dat, din locurile unde stăteam. Dar nu va dori să caute un loc în care să se ascundă de mama.

Nu va căuta un loc unde să fugă pentru că mama e isterică, mama urlă și face gălăgie toată ziua, mama o umple de reproșuri, o controlează excesiv, o terorizează cu predici, o obligă să facă anumite lucruri, mama o ține în casă, o face să plângă, țipă la ea și o ceartă pentru orice fleac, mama o bate, mama, mama, mama...

— Știi, mama, că locul în care eu mă simt cel mai în siguranță e locul în care ești tu?

Când mi-a spus asta mi-au țâșnit lacrimile și i-am spus că eu nu-mi amintesc să fi avut la vârsta ei un astfel de loc.

— De-aia, probabil, tu ai fost pentru tine locul în care te-ai simțit cel mai în siguranță.

Pentru toate motivele de mai sus, crește-ți copiii să fugă spre tine, și nu de la tine.

Cucerește-ți copilul, nu-l cotropi!

Când se uită copilul meu la mine, cu toată dragostea din privire, îmi dau seama că l-am cucerit. Așa cum te cucerește o melodie, un film, un loc, o poezie, o floare, un răsărit, un apus ori un curcubeu. Încerc zilnic să-mi cuceresc copilul, așa cum încerc să-mi cuceresc iubitul, oamenii cu care lucrez, ascultătorii, cititorii. Sunt atentă la ce și cum vorbesc, pe ce ton rostesc unele lucruri. Nu uit să zâmbesc, pentru că îmi doresc să mi se întoarcă toate zâmbetele pe care le trimit în Univers.

De regulă, facem asta când avem un interes. Primul și cel mai important, să ne simțim bine. De ce n-am face asta și cu copiii noștri? Dacă ei nu sunt bine, nici noi nu suntem fericiți. Ca să fie copiii fericiți și să ne trateze cu iubire, trebuie să-i cucerim. Să ne placă la fel de mult cum le plac filmele de desene animate, cum îi cuceresc cântecele ori coregrafia de la Gașca Zurli. Să se uite la noi cu iubire, cu admirație și cu prietenie. Nu ne iese mereu. De multe ori, în loc să-i cucerim, îi cotropim. Năvălim peste ei ca rușii, cu bocancii în picioare și cu baionetele în mână. Țipăm, dăm ordine, facem scandal, azvârlim cu reproșuri. Pentru că suntem mari și pentru că putem. Iar ei se fac din ce în ce mai mici și se ascund prin colțuri... fug din calea noastră cum fugeau țăranii din calea turcilor care pârjoleau holdele.

Nu vreau un copil care să se ascundă de mine cum se ascundea bunica de ruși. Vreau un copil care, atunci când intru în casă, să-mi sară în brațe, să se bucure că am venit. Vreau să intru pe ușă cu cea mai zâmbitoare față posibilă și să luminez toată încăperea. Vreau să-mi cuceresc copilul, nu să-l cotropesc. Și mă antrenez zilnic pentru asta.

Armele mele sunt jocurile și răbdarea. Pun multă iubire în tot ce spun și în tot ce fac. Și peste toate aștern înțelegere. Copilul meu e tot ce am mai frumos și mai bun pe lume. Nu vreau să-l otrăvesc cu expresii toxice, nu vreau să pun gratii cuvintelor pe care vrea să le exprime, nu vreau nici să pun cătușe mâinilor care caută noul, nici să-i leg o ghiulea de picioare. Nu vreau să-i fac declarații de război. Vreau să semnez cu el tratate de pace și de iubire.

Cum a ajuns câinele Mayei personaj în Gașca Zurli

Eu nu am avut animale de companie. Ai mei nu și-au pus niciodată problema să aibă în casă un câine sau o pisică. Oameni simpli, crescuți la țară, aveau în reflex nevoia de a alunga câinele când era înăuntru. „Câinele are cotețul lui și acolo trebuie să stea." „Hâș, hâș, ieși, ieși"—auzisem mai des decât „vino la mine". Așa că nu mi-am pus problema să iau și un câine. Maya se oprea în dreptul fiecărui animal pe lângă care trecea. Spre disperarea bunicilor, mângâia și lua în brațe toți câinii. Duceam lapte pentru toate pisicile din cartier. Cumpăram castroane și strângeam oase pentru cățeі. Îi iubea și îi lăsa să o iubească. Până într-o sfântă zi de Paște când am ajuns în curtea verișoarei mele dintr-un sat din Bistrița. Cățeaua lor Tasha, o pechineză, tocmai avea trei pui. Maya a luat în brațe unul și nu i-a mai dat drumul niciodată. S-au lipit unul de altul de parcă s-ar fi cunoscut dintotdeauna.

Așa a ajuns Tashu primul nostru câine. A fost cel mai iubit și cel mai simpatic cățel. Tata îi zicea „Zgârci", pentru că era mic și se întindea într-o secundă pe spate cu lăbuțele sus, gata pentru mângâiat. Tashu a devenit câinele oficial Zurli. Și parcă știa că e un câine într-un grup de artiști. Era un adevărat circar. Stătea în două lăbuțe și lătra, fiind un foarte bun partener de dialog.

Într-o zi, pur și simplu a dispărut. Plecase tatăl meu într-o lume mai bună și ne-a părăsit și Tashu. Luni întregi ne opream în fața fiecărui pechinez cu care ne întâlneam, sperând să-l regăsim pe Tashu, dar, din păcate, asta nu s-a întâmplat.

Între timp, Maya a primit un alt cățel: un bichon maltez. O zeiță pe nume Hera.

Iar Tashu a primit un cântec, „Lingușeală de cățel“, o imagine a unui personaj și un rol important în Gașca Zurli. Aaaa... și a primit și o prietenă, să nu se plictisească. „Animale Colorate“ este cel mai nou spectacol al Găștii Zurli. Astfel, unul dintre cei mai iubiți căței din lume devine nemuritor.

Dacă vrei un copil bun, fii un părinte bun

Toată lumea te întreabă când află că ai un copil: „E un copil bun?“ Nu te întreabă nimeni: „Ești un părinte bun?“ Nu-l întreabă nimeni serios pe copil: „Sunt buni părinții tăi?“

Am scris un articol la care o doamnă a lăsat următorul comentariu: „Bine ziceți, toți adolescenții ar trebui să învețe să vadă lucrurile așa cum le vedeți dumneavoastră.“ Evident că s-a aprins becul de alarmă din capul meu. Doamna înțelesese mesajul, greșise însă „adrisantul“. Adevărul ei era valabil, dar numai pe jumătate.

Nu copiii trebuie să învețe să fie buni, generoși, atenți, iertători, empatici, consecvenți, perseverenți, înțelegători, învingători. Părinții lor sunt cei care trebuie să învețe primii toate aceste lucruri.

Uită-te puțin în jurul tău. Copiii noștri, de regulă, excelează în lucrurile în care excelăm și noi. Știu să povestească în detaliu activități pe care noi le facem și despre care vorbim cu multă pasiune. Cunoștințele lor, în primii ani, sunt strâns legate de ale noastre, iar activitățile lor reflectă într-o proporție foarte mare modul nostru de viață. Depind de noi sută la sută. Știu poveștile pe care noi le citim, folosesc expresiile pe care le-au învățat de la noi, abordează lucrurile și faptele așa cum văd că facem noi.

Vrei să ai un copil bun? Atunci trebuie să fii tu un părinte bun. E mai greu decât ne imaginam atunci când am aflat că vom deveni părinți. Nimeni nu intuiește ce schimbare imensă se va produce în viața sa atunci când apar copiii.

Fii tu așa cum vrei să fie copilul tău. N-o să-ți iasă din prima, dar, dacă vei avea răbdare, într-o zi o să te trezești în casă cu cea mai tare echipă copil-părinte. Și vei înțelege că ai făcut cea mai importantă schimbare din viața ta.

De câte ori pe zi te gândești la copilul tău?

Nu de câte ori te gândești la el cu îngrijorare. Nu de câte ori te întrebi: Oare e bine, oare o fi mâncat? Oare a ajuns acasă? Oare nu i s-a întâmplat nimic rău? De câte ori te gândești la el îmbrăcându-l în lumină? De câte ori pui imaginea copilului tău pe cea mai frumoasă pajiște și îl vezi cu ochii minții râzând la soare cu bucurie?

Nu prea facem asta. Când ne gândim la copiii noștri, nu zâmbim, când ne gândim la ei, ne încruntăm a îngrijorare. Abia când le vorbim altora despre ei ni se luminează chipul.

Când mi-am dat seama că mă gândesc foarte rar la copilul meu, am rămas absolut șocată. Pe parcursul unei zile mă gândesc la toate nebuniile din lume. La câte-n lună și-n stele. Mă gândesc la toți nebunii cu care interacționez sau urmează să fac asta. Mă gândesc la toți oamenii cu care am diverse treburi și trebușoare, dar la copilul meu mă gândesc foarte puțin. Am în minte tot felul de discuții imaginare de la o conversație neîncheiată cu partenerul meu până la concluziile mele în urma unei întâlniri. Permit minții mele să deseneze tot felul de imagini. Văd cu ochii minții tot felul de oameni și situații. Mai puțin cea mai frumoasă și mai luminoasă imagine — aceea a copilului meu.

Cât îmi ia? Treizeci de secunde. Treizeci de secunde pe care le pot găsi oriunde: stând în mașină în trafic, așteptând metroul, bându-mi cafeaua de dimineață, făcând o pauză între două întâlniri... sunt o grămadă de momente în douăzeci și patru de ore în care putem să folosim treizeci de secunde pentru a construi în minte cea mai luminoasă imagine a copilului nostru vesel și fericit.

Avem grijă să ne spălăm fața în fiecare zi. Tot așa ar trebui să avem grijă să luminăm zilnic, în mintea noastră, chipul propriului copil.

Nu uita că în spatele unui copil-lumină e un părinte-soare.

De ce nu vor copiii să li se spună povestea de seară pe întuneric?

Poate te-ai gândit la asta, poate nu. Poate, undeva în lume, există părerea unui specialist despre nevoia copiilor de a-i privi pe oamenii mari în timp ce le citesc povestea.

Eu am propria mea teorie. Copiii se uită la noi în timp ce le spunem povestea pentru că vor să o vadă în timp ce o ascultă. Sunt convinsă că ei, copiii, văd ce aud. Mult mai bine și mult mai clar decât oamenii mari. Imaginea lor nu e afectată de experiențe care să le tulbure desenul.

Poate te-ai întrebat de ce vor să le spui povestea pe lumină, de ce vor să se uite la tine în timpul povestirii. Ei vor să vadă ce rostești. Pentru ei, e mai simplu să dea viață cuvintelor dacă le văd cum se nasc cu ochii întredeschiși. Noi am învățat că povestea de seară se spune cu lumina stinsă și cu copilul stând cu fața la perete dacă se poate. De multe ori le spunem povestea sperând să adoarmă mai repede. Dar ei nu adorm. Mintea lor lucrează și mai abitir, construind imagini din ceea ce aud. Încearcă să îți amintești de câte ori nu i-ai surprins stând sprijiniți în cot și uitându-se la gura ta în timp ce le spui povestea. Ei bine, ei transformă cuvintele în imagini și le așază în memorie. Nu întâmplător, câteodată, amintirile lor nu se potrivesc cu amintirile noastre. O expresie care pentru noi înseamnă ceva, s-ar putea să aibă o cu totul altă semnificație în albumul din memoria lor.

Povestea se numește „povestea de seară“. Nu povestea de somn, nu povestea de adormit. Sau poate să fie de adormit părinții obosiți ori bunicul răpus de o zi plină de activități. Să ne amintim de câte ori ne-am întins în pat, rupți de oboseală, și ne-am început povestea cu un căscat prelungit, convinși fiind că, după primele propoziții, respirația copilului ne va semnala faptul că „l-am adormit“.

Într-un astfel de moment, am inventat un personaj minunat. Adormisem și, într-o stare de semi-veghe, am amestecat povestea cu un vis și a ieșit o poveste zăpăcită. Mayei i-a plăcut așa de mult că, din acel moment, a cerut numai povești zăpăcite. Așa s-a născut Zăpă-femeia care zăpăcește poveștile.

Pentru un copil, povestea văzută ieșind din gura unui adult naște o lume nouă, pe care cel mic vrea să o exploreze cu toate simțurile folosite la maximum. Iar pentru asta merită să ne amânăm somnul.

Draga mea învățătoare

Tu, mai mult decât oricine din țara asta, ai o misiune minunată. Ai ocazia să poți pune în „bagajul“ fiecărui copil din clasă cele mai importante lucruri care să-l ajute în viață.

Îți doresc să te întâlnești peste treizeci de ani cu bobocii de astăzi, iar ei să te strângă în brațe și să le spună tuturor cu mândrie: „A fost învățătoarea mea. De la ea am învățat cele mai importante lucruri în școală."

Cum ai vrea tu să fie copiii ăștia peste treizeci de ani? Niște maturi avizi după bani, funcții, cariere, case, mașini, poziții sociale și politice? Oameni stresați și lipsiți de scrupule, gata oricând să calce peste cadavre pentru a-și atinge scopul? Ai vrea să te întâlnești cu niște oameni pentru care contează doar cât au acumulat, pe care îi interesează doar cu cine trebuie să se alieze sau pe cine trebuie să păcălească ca să obțină avantaje? Sau ai vrea, peste treizeci de ani, să te întâlnești cu niște adulți relaxați, prietenoși, generoși, încrezători în forțele proprii, modești, săritori, harnici, dornici să afle din ce în ce mai multe și să trăiască din ce în ce mai bine?

Împarte cele două categorii. Gândește-te, cum pot niște oameni să ajungă într-o categorie sau într-alta? Ce li se poate întâmpla unor oameni în copilărie pentru ca, adulți fiind, să aleagă o echipă sau cealaltă? Rolul tău nu e doar să-i înveți să deseneze litere, să formeze cuvinte, să citească sau să facă socoteli. Tu îi poți învăța mult mai mult de-atât.

Ei îți vor studia fiecare mișcare și fiecare acțiune. Vor înțelege sensul fiecărui gest, chiar dacă tu crezi că sunt doar niște copii. Ei vor înțelege foarte bine dacă tu îi tratezi pe toți în mod egal, dacă vei da fiecăruia atenția de care are nevoie sau o vei împărți doar unora. Vor înțelege dacă pentru tine e important unde lucrează mama sau cât de influent e tatăl vreunui copil. Vor înțelege cât merită fiecare și, dacă tu nu le dai măsura corectă, ei te vor nota, în memoria lor, ca fiind învățătoarea pe care Cuza ar fi prins-o cu ocaua mică.

Nu te uita la cât de scumpe sunt hainele sau ghiozdanele lor ori ce au în pachetul de fiecare zi. Uită-te în ochii lor. Vei citi, dincolo de toate aparențele, ce haină le poartă sufletul, nu cu ce le este acoperit corpul.

Uită-te pe rând în ochii fiecărui copil din clasă și încearcă să ți-l imaginezi peste treizeci de ani. Oricare dintre ei poate să devină chirurgul care te va opera. Ai vrea să fie un om onest. Oricare dintre ei poate să fie omul care să te ajute să treci strada. Ai vrea să fie generos. Oricare dintre ei ar putea să fie călătorul care să-ți ofere locul sau care să te ajute să duci o valiză grea. Ai vrea să fie atent.

Învață-i, mai presus de orice, că fiecare poate să fie un om bun, atent, iubitor și că poate să fie cel mai bun în ce va descoperi el că-i place să facă. Fă-ți timp să stai cu fiecare măcar o singură dată și să le vorbești față în față.

Dacă aș fi învățătoare, aș găsi în fiecare zi o jumătate de oră, după cursuri, în care să rămân cu un singur copil și să stăm pe câte un scaun, față în față, să-i țin mânuța în mâna mea, să mă uit în ochii lui și să-i vorbesc cu toată dragostea. Să-i spun că pe mine mă cheamă Mirela și am visat să mă fac învățătoare pentru că mi-am dorit să cunosc copii ca el. Mi-am dorit să mă fac învățătoare pentru că am foarte de multe de învățat de la copiii care vin la mine în clasă. Și aș încerca să aflu ce-i place lui cel mai mult: să mănânce, să se joace... cu cine se înțelege cel mai bine și ce-l enervează cel mai tare. I-aș spune cu ocazia asta și care sunt lucrurile mele preferate și ce nu apuc niciodată să fac...

Dacă ai aloca timp pentru fiecare copil, și ei ți-ar oferi atenția lor. Îți amintesc: atenția nu se cere. Atenția se câștigă și se menține.

Știu, o să-mi spui că programa, că sistemul, că inspectoratul, conducerea, direcțiunea, comitetul de părinți... Iar eu îți amintesc: peste treizeci de ani, tu vei putea da ochi în ochi cu copiii de astăzi. Tu s-ar putea să ajungi pe mâna lor și să aștepți de la ei să fie onești, integri, generoși, atenți, corecți, iubitori, amabili, politicoși, empatici.

Pentru ei nu există nici sistemul, nici programa, nici direcțiunea, nici comitetul de părinți. Pentru ei, tu ești învățătoarea lor! Mulți dintre ei nu au acasă părinți deschiși și generoși. Mulți, din păcate, nu au altă șansă. Pentru foarte mulți copii tu ești șansa lor.

Îți doresc să le pătrunzi în inimă și să rămâi în cele mai frumoase amintiri ale lor, toată viața. Stă în puterea ta ca peste treizeci de ani să te întâlnești cu niște oameni frumoși!

E atâta tristețe în ochii copiilor ai căror părinți nu ajung la serbări!

— E tati?

— Nu, e șoferul lui tati. Tati nu a putut ajunge, e la firmă...

O scurtă conversație la sfârșitul unei serbări în care copiii își prezentau părinții colegilor de clasă. Cei mici se duceau cu mami sau cu tati de mână pe la colegi să se mândrească cu ei.

Mă cert cu toți prietenii mei care nu se duc la serbarea copilului. Că serviciu, că trafic, că... iar trei poezii și patru cântecele... Da. Trei poezii, patru cântecele și două dansuri. Și ocazia copilului tău de a-ți arăta cât e de frumos, de deștept și cât a învățat el în câteva luni. Și șansa ta de a se lăuda cu tine. Să stea cu spatele drept sau agățat de picioarele tale și să le spună tuturor: e mami a mea, e tati al meu.

Mergi la coafor, pune-ți cele mai bune haine din dulap, îmbracă-te elegant, parfumează-te, fii cel mai frumos părinte posibil. Ia-ți liber, concediu medical, concediu fără plată, absentează nemotivat, dacă nu se poate altfel. Dar nu lipsi de la serbarea copilului tău.

Părinții din clasa de mijloc au cam înțeles și au grijă să facă lucrurile în așa fel încât să împace pe toată lumea. De-aia și sunt în clasa de mijloc. Pentru că nu sunt nici într-o extremă, nici în cealaltă. Pentru că, în general, în viața lor primează măsura, și-atunci stau pe la mijloc. Problema e la extreme. Fie cei care au crescut foarte mult în carieră și financiar, fie cei slabi, care nu reușesc să-și organizeze viața de azi pe mâine. În aceste cazuri sunt cele mai mari probleme. Indiferent în care dintre situații te afli, fă-ți timp pentru serbarea copilului tău. Înfruntă-ți șeful, îndreaptă-ți coloana, impune-te. Fă-i să înțeleagă cât de important este pentru copilul tău să fii acolo. Majoritatea au copii, majoritatea înțeleg. Du-te și spune-le că tu trebuie să pleci la serbarea copilului tău. Fă schimb de tură, găsește pe cineva să stea în locul tău.

Nimeni nu e mai important decât copilul tău. Orice meserie ai avea, orice firmă ai conduce... nimeni nu e mai important decât copilul tău. Ai fost la muncă toată noaptea, nu-i nimic. De câte ori n-ai petrecut o noapte întreagă și, a doua zi, te-ai dus să-ți vezi de ale tale? Sau de câte ori nu ai dormit din cauza gândurilor supărătoare?

Degeaba ai bani și cumperi cele mai scumpe buchete de flori pentru doamna învățătoare, pe care le trimiți printr-un șofer. Copilul tău va sta toată serbarea cu ochii pe ușă, așteptând să apari.

Poate tu crezi astăzi că, rămânând la serviciu, vei câștiga niște bani în plus, o recunoaștere în ochii șefilor, statuia firmei. Nu. Dacă nu te duci la serbarea copilului tău, vei pierde atât de mult, încât nici măcar nu poți calcula asta. Dar într-o zi vine scadența. Și toate momentele în care el te-a așteptat cu sufletul la gură te vor ajunge din urmă și ți se va pune un nod în gât.

În paisprezece ani nu am lipsit de la nicio serbare. Mi-a dat Dumnezeu sănătate. Restul le-am aranjat eu cum am putut de bine, și chiar dacă nu aveam un ban în buzunar sau pierdeam evenimente de mii de euro, serbarea copilului meu a fost pentru mine sfântă. Pentru că ea este cea mai de preț comoară a mea. Iar eu trebuie să am grijă de comoara mea, nu de firmele altora.

Hai, du-te la serbare!

Eu nu am avut Gașca Zurli când Maya era mică. Noi am avut *Numai iubirea*

„Am stat cu copilul o oră în brațe, trebuie să o chemați înapoi pe Zână să facă o poză cu fetița mea", mi-a reproșat o mămică la finalul unui spectacol. M-am uitat la ea și am zâmbit. Nici măcar nu m-am obosit să-i răspund.

Ajunsesem în orașul ei la douăsprezece noaptea și a doua zi dimineață la ora zece eram pe scenă. După o oră de spectacol, am mai stat o oră să facem poze și să dăm autografe. Dar eu mi-am asumat și oboseala care vine la pachet cu succesul. Mă uitam la mămica aceea și mă gândeam cât e de norocoasă. Ea a stat cu copilul în brațe o oră, timp în care copilul ei s-a uitat la un spectacol educativ, cu mesaje frumoase și cu personaje pline de exemple pozitive.

Am zâmbit, amintindu-mi că, acum zece ani, copilul meu nu avea așa ceva. Generația ei se uita împreună cu bunicii și părinții la telenovela *Numai iubirea*. Maya mea era disperată după actorii din acel serial, la care se uita cu mama și cu tata, nu pierdeau niciun episod. Și atunci când protagoniștii au avut un eveniment, în Piața Constituției, am stat patru ore în fața scenei la patruzeci de grade, pentru că nu era chip să o conving să mergem acasă. La un moment dat, m-a văzut Pavel Bartoș. S-a uitat la mine, a început să râdă, pentru că știa că nu mă uit la telenovele, și mi-a făcut semn să merg în spate.

— Ești aici de la început? Pe căldura asta?

— Nu, Pavel, dragă. Am venit cu o oră înainte de a începe...

Pavel a vorbit cu oamenii de ordine și m-au lăsat să stau în colțul scenei. Am putut să o las pe Maya din brațe și să mă uit la ea cum cânta din tot sufletul împreună cu Oana Zăvoranu „tuuuuuu ești viața mea, ești soarele meu". Cum să nu zâmbesc când o mamă încearcă să mă impresioneze cu marele ei efort de a sta o oră la Gașca Zurli cu copilul care cântă „Nu vreau soare,/ Nu vreau lună,/ Vreau pupic de noapte bună..."? Eu știu exact și ce primesc, și ce dau. Eu știu exact valoarea lucrului pe care îl fac.

Eu știu exact cât suntem noi de norocoși să facem atâția copii fericiți și cât de norocoși sunt părinții lor să le fie copiii îndrăgostiți de Fetița Zurli, și nu de actorii dintr-o telenovelă plină de intrigi. E bine, totuși, că există puțini oameni care își imaginează că un bilet cumpărat le dă toate drepturile asupra noastră. Majoritatea părinților Zurli sunt oameni frumoși, care înțeleg exact prețul acestui succes. Lor le mulțumesc și mă bucur că există. Și mă bucur că existăm pentru copiii lor.

Fii oglinda bună în care privește copilul tău!

Mă opresc din tot ce fac și mă uit la ea când iese pe ușă. Experimentez asta de ceva vreme. De fiecare dată când sunt acasă, dimineața, mă opresc în pragul ușii și mă uit la ea în timp ce așteaptă liftul. O privesc și o admir din cap până-n picioare. Cu toată dragostea. Mă uit la ea ca și când aș vedea-o pentru prima oară. Sau, nu se știe niciodată, poate ultima.

Prea ne culcăm pe o ureche și avem senzația că nouă nu ni se poate întâmpla nimic. Și, când auzim de oameni cunoscuți care astăzi sunt și mâine nu mai sunt, ne mirăm iar și iar cum se întâmplă brusc trecerea. Întotdeauna pe neașteptate. Mi-am dat seama de asta în timp ce o priveam deja de câteva zile, în fiecare dimineață, cu toată dragostea. Ca și când atunci aș fi descoperit-o. Ca și când ar fi răsărit în fața mea, pentru prima oară, o minune de ființă cu care eu nu am nicio legătură și pe care o văd în toată splendoarea ei. Iar ea se simte admirată. De propria mamă.

— Ești foarte frumoasă, Maya!

— Mulțumesc, mama! Să ai o zi bună.

Sunt în vârful tobogan ului și de-acolo îmi dau drumul într-o nouă zi. Nu știu ce mă așteaptă până nu sunt din nou în același punct, seara, în pragul ușii. Dar știu că ziua mea începe și rămâne cu acea imagine la care pot să mă întorc în orice moment fără să simt că am obosit. Imaginea copilului meu uitându-se la mine cu fața râzându-i de bucurie. Atât vor de la noi. Să se oglindească.

Fii oglinda bună în care privește copilul tău! Ți s-a întâmplat să te uiți în câte-o oglindă și ea să te mărească, să te deformeze, să te arate mult mai umflat, mai gras sau mai slab decât ești? Nu ți-a plăcut imaginea aceea.

Dar o oglindă care să te facă mai frumos decât te-ai văzut vreodată ai întâlnit? Ei bine, asta sunt eu în fiecare dimineață. Cea mai frumoasă oglindă în care se privește copilul meu. Și când ea pleacă de acasă cu imaginea cea mai frumoasă în memorie, nicio pietricică nu mai poate să-i spargă întregul. Nimeni nu mai poate să facă vreo fisură. Părerea părinților despre copii este cea mai importantă părere din toată lumea. Ce crede mama și tata, cum îl văd ai lui contează mai mult decât milioanele de ochi ce ar putea să-l vadă.

Când nu ne place imaginea și ei citesc asta pe chipul nostru începe o luptă de depășire a impresiei. Dar când ochii noștri oglindesc cea mai frumoasă imagine posibilă a lor, atunci le cresc aripile.

Zece secunde. Atât cât zăbovim în fața unei oglinzi, zăbovește în pragul ușii uitându-te la copilul tău din cap până în picioare. Cu cea mai frumoasă și mai mândră privire de mamă sau de tată. Fii cea mai frumoasă oglindă, în care el să-și vadă toată frumusețea.

Ca și când el s-ar întreba în fiecare dimineață: „Oglindă oglinjoară, cine e cea mai frumoasă din țară?"

Pentru mine e Maya. Pentru tine, cine e?

Fii umbra lui, și nu cârligul de care stă agățat!

Am născut prin cezariană cu anestezie generală, pentru că mă că...m pe mine de frică. Cezariană programată după trei zile de evenimente în aer liber, cu zeci de artiști și zeci de mii de spectatori.

În ziua în care am născut, am fost la coafor să mă aranjez pentru cea mai importantă întâlnire din viața mea. Am trecut pe la biserică și l-am rugat pe Doamne Doamne să se uite în ziua aceea măcar cu coada ochiului și spre mine. A doua zi după naștere îl certam la telefon pe șeful de la casa de discuri a trupei Stigma pentru că videoclipul nu intrase în difuzare pe Atomic. Cât am stat în spital, am bătut coridoarele cu plosca în mână, ajutând tot felul de oameni să treacă peste tot soiul de frici. A treia zi după operație am făcut ședință de redacție în sala de mese cu directorul de marketing, cu responsabilul de vânzări și cu șeful de programe al postului de radio pe care îl conduceam.

Am alăptat două luni până când am ajuns la spital cu copilul în prosop pentru că nu se mai trezea, iar șefa secției de pediatrie mi-a zis că e deshidratată deoarece laptele meu nu-i ajunge, dar îi este prea lene să plângă, drept urmare nu primește țâță. Și mi-a mai spus ceva: nicio țărancă nu vine cu copilul mort de foame la spital, numai intelectualele vin cu chestii din astea.

După o lună și jumătate am reluat activitatea la radio. Am luat-o cu mine și reușeam să mă împart între mici ședințe, întâlniri și alăptat sau schimbat scutece; oricum, dormea în landou pe terasă, la soare. Când avea patru luni am pus-o în mașină și am mers cu ea două sute de kilometri până la părinții mei. Am lăsat-o acolo o săptămână. Am plâns tot drumul, dar era varianta cea mai bună. Aici a început naveta ei între mine și mama, cu trenul, la anumite intervale.

La patru ani am trimis-o în tabără singură. I-am pus haine pentru fiecare zi în punguțe, iar când i-am arătat punga pentru haine murdare ea m-a întrebat care e punga pentru haine curate. I-am permis, de pe la șase ani, să treacă singură strada, să parcurgă singură anumite distanțe, să facă singură mici cumpărături de la magazinul din colț.

La șapte ani am predat-o stewardului de la Tarom și a zburat singură până la Londra. Am lăsat-o să intre singură la filmele pentru copii, în timp ce eu făceam cumpărături sau stăteam să citesc în Diverta. Am lăsat-o de mică să facă tot felul de lucruri singură.

La paisprezece ani am lăsat-o singură la Cluj, la Untold.

A ales singură ce vrea să studieze la liceu, știe deja la ce facultate se va duce. S-a dus la New York împreună cu nașul ei să se intereseze ce și cum, iar eu știu doar concluziile ei. Dar, am încredere, sută la sută, în ce simte. O să mă și informez, dar mai întâi o las pe ea să-și facă o idee și abia apoi vin și eu cu ideile mele.

Își face singură toate bagajele. Abia după ce valiza e gata, mă uit dacă nu-i lipsesc lucrurile esențiale. Își pregătește singură ghiozdanul și uniforma. A alergat de nenumărate ori să recupereze și una, și alta. Dar din asta se învață.

Nu a trebuit niciodată să-mi ceară aprobarea pentru ce spune, ce face și mai ales ce crede.

Am lăsat-o! O las!

Cred că asta e cheia. Să-ți lași copilul! Din mână, din casă, din limbă... să faci pasul înapoi și doar să-l supraveghezi. Să te uiți la el în timp ce încearcă de nenumărate ori să-și lege șireturile, să-și tragă pantalonii, să-și termine mâncarea din farfurie, să-și țină echilibrul pe bicicletă și pe role.

Am ales să fiu umbra din spate, nu cârligul de care e agățată.

Uită-te în jurul tău și observă unde se poziționează părinții în relația cu copiii lor: stau în față și îi trag de mână după ei sau copiii sunt un pas în fața părinților și deschid drumul?

Nu e ușor să stai în spate, nu e ușor să taci și să nu răspunzi tu înainte de a răspunde el. Nu e ușor să nu pui pe masă propriile tale alegeri, bazate pe ce știi tu. Lasă-l să facă lucruri bazându-se pe ce simte el. Iar tu rămâi umbra care îi veghează fiecare alegere, gata oricând să-l susții dacă alegerea nu a fost cea corectă.

Fă-l să simtă că ești de partea lui orice-ar fi și că știi că el e mai deștept decât tine.

În mintea copiilor nu există lucruri rele. Există doar lucruri bune făcute greșit

Privește cu atenție un om mare care ceartă un copil. Uită-te la adultul nervos cum i se schimonosește fața, cum i se încleștează maxilarele și cum i se încruntă sprâncenele.

Priviți-l pe adultul de aproape doi metri care își încovoaie puțin spatele, își ridică mâinile și se uită de deasupra la mogâldeața aia mică și bucălată cu ochii mari, căruia îi tremură buza de jos, gata să izbucnească în plâns.

Uită-te la omul mare care ceartă un copil și ascultă-i discursul: „Ce prostie ai făcut?“, „De ce ai făcut prostia aia?“, „Recunoaște-ți greșeala și cere-ți scuze!“, „Ai greșit, ai greșit, ai greșit...“, „Ai fost rău, ai făcut un lucru foarte rău, ai făcut un lucru greșit...“

De cele mai multe ori copilul este de acord cu omul mare, pentru că nu are loc de întors. Când ești pus la zid nu ai cum să faci un pas înapoi. Tot ce îți rămâne de făcut e să te aperi. Instinctiv, ridici mâinile. Sau pumnul. Îți mai rămâne gura plină de salivă, care stă să te răzbune în orice clipă. Părul se înfoaie, picioarele bat cu putere... toate astea fără sorți de izbândă, deoarece în față e dușmanul, în spate e peretele și nu prea ai pe unde să fugi.

Atunci când îi cerți pe copii și îi vezi manifestându-se drept răspuns la muștruluiala ta, gândește-te la această imagine. Vizualizează filmulețul și încearcă să le accepți manifestările. Și mai amintește-ți un lucru: foarte rar un copil face un lucru rău știind că acționează greșit. În orice faptă a lor intenția e bună. Din păcate, aleg uneori un mijloc greșit.

Înlocuiți „fii cuminte“ cu „fii fericit“!

Până la urmă e doar o expresie. Oricum nu are niciun efect. Copilul execută comanda automat pentru câteva secunde și așteaptă ca părintele să nu mai fie atent pentru a-și putea relua activitatea, fix din punctul în care a fost întrerupt de comanda „fii cuminte“.

Am ales să înlocuiesc această cerere moștenită de la ai mei, și care nu are nicio semnificație în mintea mea, cu „fii fericit“. Dacă tot îi spun copilului meu ceva, dacă tot mă opresc puțin din tot ce fac și încerc să-i distrag atenția de la ceva, și să-i dau un îndemn înspre altceva care să facă mai mult bine, lui și celor din jur, de ce să nu fie o comandă pozitivă, optimistă, care, repetată de nenumărate ori, poate să intre în mintea copilului meu. De ce să-mi cresc copilul având programată în memoria lui expresia „fii cuminte“? De ce nu l-aș crește întipărindu-i în minte îndemnul „fii fericit“, spus de cele mai importante persoane din viața lui, părinții?

Nimeni nu a stat niciodată cuminte. Nu știm cum se face. Nu știm cum este să stai cuminte. Eu asociez această expresie cu nemulțumirea mamei mele, care, atunci când îmi striga „fii cuminte“, sigur era nemulțumită de ceva ce spuneam, ceva ce făceam, ceva ce nu era potrivit cu locul sau anturajul. Dacă îmi cereți un sinonim pentru expresia „fii cuminte“, m-aș opri la smirnă, sau la nemișcat, sau la supus... Eu nu am văzut-o pe mama niciodată stând cuminte. Nu a stat niciodată smirnă, deși nu făcea întotdeauna ceea ce trebuia. Am auzit-o și pe ea făcând gălăgie, am văzut-o și pe ea într-o dezordine...

Nu cred că expresia „fii cuminte" are vreun impact asupra copiilor. Este o reacție automată a părinților atunci când nu au răbdare să distragă atenția copilului de la o acțiune care deranjează. Nu cred în efectul lui „fii cuminte". Cred în surpriza lui „fii fericit".

Imaginează-ți un copil care te deranjează și căruia în loc să-i spui „fii cuminte", îi spui „fii fericit". Garantez că se va opri din tot ce face, mirându-se de cuvintele tale. De unde să le apuce? Ce vrei să spui? E o glumă? El știe că ești deranjat de insistența lui, de dezordinea pe care o face, de gălăgia pe care o provoacă... Și-atunci, tu de ce îi spui „fii fericit"? Se vor opri și își vor ridica sprâncenele. Prima oară, a doua oară, a treia oară. Apoi vor pune întrebări: ce vrei să spui cu asta? Și-apoi vor începe să se obișnuiască și vor înțelege că, atunci când faci ceva deranjant pentru cei din jurul tău, nu poate să fie ceva care să te facă nici pe tine să te simți fericit.

Dacă eu sunt fericită, și cei din jurul meu vor fi fericiți. Nu pot să fiu fericită deranjându-i pe cei din jurul meu. Pot alege să fiu fericită înainte de a alege să fiu gălăgioasă, înainte de a alege să fiu dezordonată. Dezordinea mea va atrage dezordine. Gălăgia mea va atrage gălăgie. Fericirea mea va atrage fericirea celor din jurul meu.

Aleg să-i spun copilului meu „fii fericit", în loc de „fii cuminte". Chiar dacă nu schimbă acțiunea lui din acel moment, în timp, urarea mea se va întipări în memoria lui. Și va rămâne o amintire frumoasă, în locul unei expresii care să-i evoce toată viața restricțiile pe care eu, părintele lui, le-am formulat.

Lăsă-le copiilor loc să se răzgândească!

Îți sună cunoscută expresia „ți-am zis eu"? Pe mine expresia asta m-a îngrozit mai rău decât toate greșelile pe care le făceam. Preferam să persist în greșeală sau să mă încâlcesc și mai tare în ea decât să îi aud pe ai mei spunând: „Ți-am zis eu?"

Din păcate, în urmă cu vreo zece ani, am auzit-o ieșind și din gura mea. Am rămas blocată. Cum? Expresia aceea care mi-a întunecat mie fiecare decizie, cele patru cuvinte care atârnau ca o sabie deasupra capului meu, prindeau viață chiar între buzele mele? Cine este această altă personalitate a mea care permite una ca asta? Nu mi-a plăcut acest fel al părinților mei de a-mi penaliza greșelile. Sunt sigură că nu și-au dat seama de câte ori aș fi putut să mă opresc mai repede, dar nu știam cum să o întorc. Preferam să mă îngrop, sperând că mă ascund de: „Ți-am zis eu?"

Părinții nu se joacă de-a judecătorul cu copiii, ci chiar îi judecă. Îi pun la colț și nu le lasă nicio portiță să iasă din corzi. Ai stat cumva la colț sau pe coji de nucă până ți-a curs sânge din genunchi? Cum poate să scape cineva pus la colț? Nu prea poate.

Eu nu mi-am pus copilul la colț niciodată. Nu am pus pe nimeni la colț. Dacă am avut de dezbătut ceva, am ieșit pe teren și ne-am dat pase până când unul dintre noi a câștigat cu mai multe argumente.

Uită-l pe „ți-am zis eu“! Înlocuiește-l cu „încearcă și vedem ce iese“. Mușcă-ți limba și nu lăsa expresia „ți-am zis eu“ să te îndepărteze de copil.

Nu fereca ușa care ți-l poate aduce înapoi din orice greșeală. Dă-i voie să se răzgândească. Permite-ți să nu îți hrănești ego-ul cu insuccesul lui.

Hrănește-ți iubirea și acceptarea. Copiilor nu trebuie să le demonstrezi nimic, dar trebuie să le ierți orice.

Nimeni nu are dreptul să-ți rănească copilul. Dacă se întâmplă, ai obligația să-l aperi

Cum poate o doamnă învățătoare să-i spună unei fetițe să iasă din primul rând al fotografiei pentru e cât un tanc, iar fetița să se desprindă cu totul din grup și să rămână pe margine?! Și toate astea de față cu tatăl copilei, care asistă la scenă cu mâinile în sân, neputincios. Fără să intervină. Iar poza de la serbare să se facă fără fetița care are niște kilograme în plus, dar cu doamna care are o inimă în minus.

Cum să-i spui așa ceva unui copil? Chiar dacă îți ocupă două locuri din rândul din față. Chiar dacă îți strică imaginea ta de grup perfect, cu copii perfect îmbrăcați în haine perfecte și care stau în poziții perfecte. Cum să fii atât de crudă și să rănești atât de profund un copil cu vorbe care îi vor marca viața? Se vor chinui psihologii să repare ce-ai stricat tu, într-un moment de neatenție, pentru o nenorocită de fotografie. I-ai fi putut spune cu blândețe: „Vino să stai lângă mine, aș vrea să ne ținem de mână în poza asta...“, dacă îți stătea în ochi copila. O făceai să se simtă specială, în timp ce tu îți asigurai estetica pozei. Să stai cocoțată pe rândul din spate și de-acolo să strigi la copilul din față, cu superioritatea adultului care deține dreptul de a decide, mi se pare lipsă de inspirație.

Voi folosi cuvinte blânde. Cât pot de blânde. Atât pentru doamna aceasta care va rămâne ca o pată întunecată în memoria copilei, cât și pentru tatăl care a asistat neputincios la scenă. Pe margine, cuminte, umil, supus în fața sistemului, docil în fața celor mai deștepți ca el, soldat exemplar în fața comenzilor date de locotenenții din formație. Măi, tată de copil, când tu ai făcut copilul, Dumnezeu ți-a dat mai mult de-atât! Când ai intrat în armata părinților ai primit cele mai importante arme din lume: iubirea și empatia. Cum să stai cu mâinile în sân și să te uiți la copila ta umilită și pusă pe tușă de o doamnă neatentă la sufletul unui copil? Copila ta are probleme de greutate care ți se datorează și ție. Măcar pentru asta ar fi trebuit să îi iei apărarea și să intervii într-un fel sau altul. Să știe că nu e singură. Să vadă că tata îi ține spatele. Trebuia să o iei de mână și să o duci tu lângă doamna sau pe un rând pe care să poată sta fără să se simtă în plus. Să-i spui să stea jos, să-și găsească un loc potrivit pentru ea și pentru ceilalți.

Tu, părintele, ești cel care trebuie să-i dai copilului tău încrederea că își merită locul. Cel mai bun pentru ea. Cel mai potrivit în contextul în care se află. Dar nici un copil nu are locul pe margine. Marginea este doar pentru cei care n-au avut acasă părinți să-i învețe care le este locul. Și că au un loc în formație.

Dincolo de greșeala învățătoarei, care trebuie penalizată, pasivitatea părintelui mi se pare cea mai gravă. Cu un părinte inspirat, cu un tată care să-i țină spatele, copila ar fi ieșit cu bine din această situație.

Învață-ți copiii că toți avem loc. Și că există câte un loc pentru fiecare.

Uită proverbele părinților noștri! „Capul plecat sabia nu-l taie", dar capul plecat rupe coloana în două și, fără coloană, stăm aplecați toată viața. Și toți se vor uita de sus la noi.

Învață-ți copiii că orice-ar spune ceilalți, orice-ar vrea restul lumii pentru ei, să nu uite de ceea ce își doresc ei. Și dacă vrea să stea într-o fotografie în primul rând, fetița ta de cincizeci de kilograme poate să stea, dacă doamna nu e atât de deșteaptă și de inspirată, încât să o facă să-și dorească ultimul rând.

Un copil gras poate să strice estetica unei fotografii, dar poate să fie atât de vesel și să aibă un zâmbet cât zece slabi la un loc. Energia unui copil nu are nicio legătură cu kilogramele. Iar sufletul nu face diferența. Pe el îl doare la fel de mult, indiferent câte straturi de grăsime încearcă să-l protejeze de răutățile celor din jur.

Nu lovi cu vorbe grele inimile copiilor. Ele nu produc vânătăi pe corp, dar se transformă în pietre care apasă pe suflet.

Nu condiționați cadourile copiilor în funcție de rezultate

Dacă iei premiul întâi, te duci în tabără. Dacă termini cu media peste nouă, îți cumpăr bicicletă. Dacă, dacă, dacă...

Îți sună cunoscut? Am fost toată copilăria la un pas de bicicleta Pegas. Dar nu am primit-o. Pentru că nu am luat premiul care ar fi trebuit să-mi asigure pașaportul către fericire. Nu am avut Pegasul pe care l-am visat. Am împrumutat bicicleta unui vecin de la țară și am învățat să merg singură pe ea. Ai mei nu au considerat bicicleta o necesitate și cu atât mai puțin o cheltuială care ar fi meritat alocarea unui procent din buget. Mai bine a mai cumpărat mama niște draperii și fețe de masă noi. Așa a considerat ea atunci.

Pegasului meu i-au trebuit patruzeci de ani să mă găsească. Dacă acum patruzeci de ani, când terminam clasa întâi, aș fi primit această bicicletă ar fi fost una dintre cele mai frumoase amintiri din copilăria mea. Ăsta e și motivul pentru care m-am gândit să vă povestesc. Cine știe? Poate vă inspiră. Și îi cumpărați copilului bicicleta visată, așa, pur și simplu. Pentru că îl iubiți. Pentru că orice copil merită să aibă propria bicicletă. Pentru că o să învețe să meargă pe ea și o să se simtă mai puternic, mai curajos și mai independent. Pentru că o să vă faceți timp în câteva seri să stați în spatele lui și să-l țineți de șa până când o să meargă singur fără să-și dea seama.

Sunt curioasă: ce amintiri te leagă de prima ta bicicletă? Eu am primit cea mai frumoasă bicicletă. Îmi place că are șaua extrem de comodă. Că pot să pun picioarele pe pământ la cea mai mică problemă și îmi dă sentimentul că o controlez foarte bine. E o bicicletă vie, veselă, o bicicletă cu suflet. Chiar simt că Pegas își deschide aripile atunci când merg pe ea. Astăzi, copilul din mine și-a primit premiul. Astăzi, femeia iubitoare de margarete s-a simțit specială. Abia aștept să mă plimb pe Pegasul meu. Cea mai veselă bicicletă de pe planetă.

Nu pot copiii să greşească atât cât pot părinții să ierte

Când auzi vorbele astea rostite de un preot în biserică, simți cum sunetele ating fiecare celulă din tine. Sunt cuvinte care îți amintesc de părinții tăi și de relația pe care ai avut-o cu ei și de legăturile dintre tine și copiii tăi.

„Nu pot copiii să greșească atât cât pot părinții să ierte."

Hmm... preoții ăștia nu au făcut toți aceeași școală? E nouă credința asta? Pentru că, din păcate, generația părințiilor noștri nu cred că au auzit asta la biserică... Oare câți dintre părinții noștri au aflat de la preoții lor că trebuie să-și ierte copiii? Indiferent de faptele lor. Că dacă societatea îi poate pedepsi, dacă străinii îi pot penaliza, dacă legea îi „arde", părintele este cel care trebuie să-i dea iertarea, indiferent de mărimea greșelii făcute. Părintele este singurul care nu are dreptul să se transforme în judecător și este singurul care are dreptul să fie iertător. Toți ceilalți analizează, judecă, dau verdicte și sentințe. Din gura unui părinte trebuie să se audă însă o singură sentință definitivă și irevocabilă: ești iertat!

„Nu pot copiii să greșească atât cât pot părinții să ierte." Este cea mai frumoasă pildă pe care am auzit-o în ultimii ani. Îi mulțumesc Părintelui Antim din Oradea. Îi mulțumesc că mi-a amintit mie, prima care trebuie să-și amintească asta în fiecare zi. Îi mulțumesc că au auzit vorbele astea mama, mătușa și vecinii și toate neamurile mele prezente la acea cununie. Îi mulțumesc că spune asta și că face din preoție o misiune. Aceea de a îi ajuta pe oameni să fie mai buni.

„Nu pot copiii să greșească atât cât pot părinții să ierte."

Rămâi cu gândul ăsta de duminică. Ia-l cu tine zilnic și amintește-ți de el atunci când dai un verdict. „Te iartă mama", „te iartă tata" pot fi uneori cele mai așteptate cuvinte pe care un copil speră să le audă din gura unui părinte.

„Nu pot copiii să greșească atât cât pot părinții să ierte."

Doamne, ce misiune frumoasă mi-ai dat. Mulțumesc!

Nu trebuie pedepsiți copiii pentru greșelile oamenilor mari

Am asistat la o scenă peste care nu am cum să trec. Zilele trecute am filmat pentru o emisiune specială de Crăciun. Multe vedete, mulți copii. Acele grupuri de copii pe care le tot vedeți la televizor, de la diferite cluburi, cercuri. Îmbrăcați aproximativ la fel, pregătiți să presteze un program muzical-dansant. Toți copiii din platou se pregăteau să înceapă înregistrarea. Părinții, pe lângă gărdușul emisiunii, erau gata să imortalizeze momentul de glorie al micilor artiști. Trec, la un moment dat, pe lângă o bunică. De piciorul ei stătea agățată o fetiță de vreo cinci ani, care plângea de mama focului.

— Ce s-a întâmplat? zic.

Mă știți deja, nu pot trece pe lângă o astfel de situație fără să încerc măcar să obțin un zâmbet.

— Am întârziat și doamna nu îi mai dă voie în platou, pentru că ei au repetat, iar ea o să le încurce filmarea.

Fetița și-a ridicat privirea spre mine. Un univers întreg i se năruise. Alergase cu bunica să ajungă la ora stabilită și tot n-au reușit. Iar acum doamna, deși era acolo și nu începuse filmarea, nu-i dădea voie să meargă la colegii ei pentru momentul de glorie. Nici măcar să se bucure de atmosfera platoului.

Am ales să transform o întâmplare tristă pentru acel copil în întâmplarea vieții ei. I-am spus că poate intra cu noi atunci când vom cânta „Am o căsuță mică".

— O să intri de mână cu Zâna Bună și o să te bucuri și tu de filmare.

Nu vă pot descrie bucuria din ochii copilului. A dispărut orice urmă de lacrimă. Bunica se uita la mine mută și nu-și găsea cuvintele, iar în tot acest tablou, plin de poezie, apare doamna care conducea grupul de copii și, cu degetul amenințător, s-a aplecat peste copilă și-a început să-i spună:

— Să nu te prind că te duci la colegii tăi, că noi am repetat coregrafia și o să-mi strici toată filmarea. Treaba ta dacă vrei să intri în platou peste ce am spus eu, dar dacă te duci lângă colegii tăi opresc filmarea și te dau afară.

Fetița se uita la ea și dădea din cap a aprobare. Nu cred că auzea prea bine ce spunea doamna pentru că era de mână cu Zâna Bună. Și când te ține Zâna de mână nu te mai poate afecta nimic. Bunica a început să se scuze și să se teamă că intrarea fetiței în platou cu noi o va costa prea mult în relația viitoare cu doamna...

Aceasta nu e o poveste. Aceasta e o întâmplare adevărată!

Fetița a intrat cu noi în platou și a stat toată emisia. Oricum era un haos organizat. Erau aproape o sută de copii acolo, fiecare făcea ce voia, iar despre megacoregrafia doamnei, vă spun cu mâna pe inimă că la „Am o căsuță mică“ avem o coregrafie mult mai complexă... așa că nu i-a fost greu niciunui copil din platou să o facă.

Concluziile mele:

Doamnele acestea se iau prea în serios. „Noi suntem profesioniști“ a fost replica doamnei. Pe bune? Vorbim de copii de patru, cinci ani. Întârzierea nu era din vina copilului. Pedepsește bunica, părinții, dar nu priva copilul de o ocazie pentru care a ajuns, totuși, la timp. Doamna instructoare a încercat să intervină în norocul copilului. Faptul că eu i-am întins o mână celei mici și i-am oferit șansa unei alte experiențe, din punctul meu de vedere, îi transmite unui copil mesajul că lucrurile se pot schimba în viață când te aștepți mai puțin. Că poți primi altceva, mai bun și mai frumos decât ai pierdut.

Doamna a intervenit pur și simplu peste șansa acelui copil. I-a închis o ușă. Copilului i s-a deschis o fereastră. Lasă-i fereastra în pace, nu te mai chinui să pui gratii. Că ia Dumnezeu acoperișul, îl ridică prin horn și tot îl salvează dacă e în destinul acelui om să trăiască o anumită experiență.

Am ales să scriu despre asta pentru că, la trei zile după întâmplare, noi încă vorbeam în Gașcă despre comportamentul lipsit de atenție al acelei profesoare. S-ar putea să fie o profesoară de canto foarte bună. Să știe să facă lucruri pe scenă cu copiii. Dar oamenii aceștia nu au voie să uite că în fața lor sunt niște suflete fragile și noi, adulții, trebuie să găsim cele mai bune soluții în gestionarea situațiilor de criză. Și să nu ne mai luăm atât de tare în serios. Să nu facem din asta scopul vieții noastre.

Am cunoscut multe fetițe care au făcut parte din astfel de grupuri. Părinții alergau disperați dintr-o parte în alta, de la un spectacol la altul, de la o filmare la alta... Bucuria de-a fi pe scenă se transformase în calvarul de-a ajunge peste tot. Știu grupuri în care copiii sunt fericiți, dar știu și mult prea multe grupuri în care li se dezvoltă spiritul de competiție, invidia și egoismul mai mult decât bucuria de-a cânta și de-a se juca pe o scenă de-a artiștii.

Părinții care nu își caută copiii au inima bolnavă

Vorbeam zilele trecute cu un prieten care își crește singur fetița, deși mama a câștigat dreptul de a avea grijă de ea. Însă, împotriva tuturor încercărilor ei de a ține copilul departe de tată, s-a mutat în alt oraș, s-a recăsătorit, a făcut un alt copil, fetița a vrut la tatăl ei. Și, în cele din urmă, a reușit să o facă să-i respecte alegerea.

— De ce mama nu vrea să mă vadă? Să vină să mă caute? mi-a zis fetița pe care încercam să o conving că mama ei o iubește.

— Cât de des se vede cu mama ei? îl întreb pe tată.

— S-au văzut șase ore în ultima jumătate de an. Nu a fost nici de ziua ei, nici în prima zi de școală, nici de Moș Nicolae. Vine Crăciunul și se pare că, dacă nu vrea copilul să meargă la ea, nu va face ea drumul spre el...

E o femeie pe care o cunosc. Știu că și-a iubit copilul din toată inima și l-a crescut cât a putut de bine. Totul s-a desfășurat impecabil în viața ei. Până într-o zi, când a ales să plece.

— De ce mama nu se gândește la mine? De ce nu vine să mă caute? De ce nu-mi trimite nimic niciodată?

Mă uitam la fetița cu cea mai albastră privire din lume și în ochii plini de lacrimi ai tatălui. Nu există niciun argument în favoarea părintelui care nu face tot ce poate să fie cât mai prezent în viața copilului. Nu contează că el locuiește la bunici, la celălalt părinte sau în celălalt capăt al lumii. Nu contează cât de mult îl urăști pe cel cu care l-ai conceput, nu contează cât îl iubești pe cel cu care ești... niciun părinte nu ar trebui să pună liniștit capul pe pernă fără să știe sigur că toți copiii lui sunt bine. Nimeni nu te poate ține departe de copilul tău. Niciun om și nicio lege. Și cele mai drastice legi dau voie ambilor părinți (dacă ei nu reprezintă un pericol pentru copii) să fie parte din viața lor. Copiii învață să trăiască și fără noi. Cresc orfani, cresc pe străzi, cresc cu bunicii, cu mătușile, cu celălalt părinte... Dar părinții care lipsesc din viața copiilor, pentru că așa e cel mai simplu acum, vor descoperi cât e de complicat să revină. Eu cred că oamenii ăștia sunt bolnavi. Acolo, în inima lor. Dacă ai acasă copii care suferă de dorul unui părinte absent, spuneți-le că, uneori, oamenii mari se îmbolnăvesc. În iubire. Și când iubirea face febră și tușește, ei nu prea pot să-și folosească inima. Și, până nu se fac bine, nu pot să-i caute. Dacă ești un părinte bolnav în inimă, ia repede niște medicamente și fă-te bine. Pune mâna pe telefon și sună-ți copilul. Nu te scuză nici ura pentru celălalt părinte, nici distanța, nici noua familie, care-ți ocupă timpul. Copilul tău e parte din tine și, din păcate, deși tu poți trăi fără el, copilul tău are nevoie de tine.

Le urezi tuturor celor din jurul tău, colegi, vecini, prieteni „Crăciun Fericit"? Pe bune? Și copilului tău? Te bazezi că o să-i spună alții? Poate să îi zică toată lumea, însă până nu-i spui și tu, Crăciunul copilului tău nu va fi un Crăciun întreg. Jumătate din el e în altă parte.

Mai ai timp să-i întregești Crăciunul. Trimite-i o ciocolată. Și o scrisoare. Spune-i că-l iubești, că ți-e dor de el și că sigur la anul o să-l vezi mai des. Până la urmă, faci atâtea promisiuni tuturor... De ce nu i-ai face și lui una? Poate chiar te ții de cuvânt!

Părinții își dau examenele în fața copiilor, nu în fața lumii

Dacă ți-ai imaginat, măcar pentru o secundă, că societatea îți va da titlul de „Cel mai bun tată", ori „Cea mai bună mamă", ei bine, privești în direcția nepotrivită.

Toți oamenii din jurul tău, care privesc de pe margine cum îți crești copilul și care își dau cu părerea despre cât faci de bine sau de rău, cât ești de grozav sau de slab în meseria asta, nu sunt cu nimic mai avizați decât toți microbiștii care își dau cu părerea despre fotbal stând în fața televizorului. Tolăniți pe canapeaua din sufragerie, cu sticlele de bere pe masă și pungile de semințe în mână, marii iubitori de fotbal trăiesc toate emoțiile unei partide. Îi înjură pe jucători, îl critică pe antrenor, îl fac varză pe arbitru... Până la urmă, pe microbiștii nervoși îi interesează doar rezultatul. Dacă echipa lor preferată s-ar califica și dacă s-ar întâmpla asta pentru că a fost un autogol în echipa adversă, pe ei nu-i interesează. Dau verdictul în funcție de rezultat.

Așa ar trebui să-i vezi cu ochii minții pe cei despre care credeai că ar conta într-o evaluare a capacității tale de a fi un părinte bun. Pe oamenii din jurul tău, mai mult sau mai puțin apropiați, nu-i interesează decât rezultatul. Ești sau nu un părinte bun? Iar criteriul după care ei te judecă nu are, de cele mai multe ori, legătură cu lucrurile care contează. Examenul îl dai în fața copiilor tăi. Ei sunt singurii care te trec clasa sau te lasă repetent. Nu te mai strădui să iei note bune în fața societății. Notele lor sunt facultative. Nu se trec în catalog. Notele lor sunt pe o ciornă care nu apare în nicio evidență. Examenul de părinte îl dai în fața propriului copil. Îți convine sau nu, la materia asta ei sunt examinatorii. Și nu pot fi mituiți. Și nici păcăliți. Criteriile după care ei ne evaluează diferă de la copil la copil. Nu te baza pe faptul că vecinul tău a trecut examenul în fața copilului său cumpărându-i o mașină la 18 ani. Copilul tău s-ar putea să-și dorească să cumperi două biciclete și să mergeți împreună pe munte. Nu te culca pe-o ureche sperând că niște școli, pentru care ai plătit bani grei ca să-l învețe o meserie, te vor ajuta să-ți iei examenul. Poate copilul tău ar fi vrut să se facă fotbalist, iar tu nu l-ai sprijinit, ci ai consumat energie cu ce ți-ai dorit tu.

Faptul că îți încurajezi fiica să aleagă cu mintea, lucid și rece, o relație care să-i dea siguranță, nu te va face automat o mamă bună. S-ar putea ca, într-o zi, să acționeze cu inima, să lase baltă toată siguranța și să te lase pe tine corigentă la sfaturi bune pentru fete.

E frustrant să știi că nu poți controla absolut deloc acest rezultat. Nici măcar nu ți se spune din ce cărți să înveți ca să te poți pregăti pentru acest examen. Nici măcar nu pornește nimeni vreun cronometru și nu anunță nimeni începutul și sfârșitul testului.

Sunt copii care își testează părinții tot timpul și copii care îi testează din când în când. Pentru unii există o unică testare, și aia devine relevantă pentru concluziile trase pentru tot restul vieții.

Iubirea, implicarea, iertarea, empatia, răbdarea, relaxarea, acceptarea sunt probabil materiile la care trebuie să fim atenți. Să descoperim singuri când se schimbă capitolele, să parcurgem cuprinsul din când în când și să mai facem câte o recapitulare la sfârșit de semestru, ca pentru teză.

Nu trebuie să ne simțim mereu ca și cum am fi într-un examen, dar trebuie să nu uităm nicio clipă că putem fi oricând examinați.

Testul de „bun părinte“ îl dai doar în fața copilului tău.

Părinții nu-și asumă nefericirea copiilor lor

Am cunoscut la Londra o fată care tocmai se mutase acolo la insistențele părinților ei. Locuise zece ani în Sicilia și părinții, care trăiesc în România, au tot bătut-o la cap să se mute la Londra, unde stă sora ei. Fata a făcut schimbarea de gura lor.

Am găsit-o într-un salon de manichiură, depresivă, îngrozită de perspectivă și cu mult dor de viața ei din Sicilia. Acceptase să facă mutarea de dragul părinților ei, dar ea era complet nefericită. Vorbind cu ea, mi-am dat seama că părinții noștri s-au grăbit să ne dea sfaturi și sugestii, dar ei nu-și asumă eșecurile noastre. Dacă în urma sfaturilor lor luăm decizii aducătoare de bucurie, se laudă peste tot cu influența pe care au avut-o asupra acțiunii noastre. Dacă recomandarea lor ne-a influențat negativ viața, știți ce vor spune? „Eu ți-am zis să faci așa pentru că mi s-a părut că e cel mai bine. Tu trebuia să faci cum simți.“

Nu cred că trebuie să ascultăm sfaturile lor, decât dacă ele rezonează cu ceea ce ne dorim. Copiii merită să-și aleagă singuri drumul în viață. Să meargă la ce școli vor, să practice meseriile care îi fac fericiți, să se căsătorească cu oamenii pe care îi iubesc, să trăiască în locurile unde se simt bine.

Nu am auzit niciun părinte spunând: „Eu l-am sfătuit să meargă la școala asta care e peste puterile lui", sau „Mi-a plăcut mie, mai mult decât i-a plăcut ei, bărbatul cu care s-a măritat și o face atât de nefericită".

Tata mi-a spus dintotdeauna: „Fă cum simți, pentru că nu vreau să-mi reproșezi că nu ai reușit în viață." Și a fost acolo să mă susțină, chiar dacă alegerile mele erau altele decât ar fi fost ale lui. Și mi-a mai spus ceva, foarte onest: „Eu, pentru mine, aș alege una și pentru tine aș alege altceva. Eu mi-aș asuma riscuri, dar nu aș risca nimic în ceea ce te privește."

Riscă tu, pentru că ei nu riscă. Și nici nu își asumă. Ei dau sfaturi și își dau cu părerea.

— Dacă părinții tăi nu ar mai fi în viață, ce ai alege? am întrebat-o pe manichiurista din Londra.

— Aș pleca în Sicilia mâine.

— Și atunci, ce faci? Aștepți să moară ai tăi ca să te poți bucura de viață?

Întâlnirea s-a încheiat cu ea fericită și convinsă că Dumnezeu m-a trimis în calea ei. Am lăsat o fată care își îndreptase spatele și căreia îi reapăruse zâmbetul pe buze. Iar eu mi-am dat seama că trebuie să fii un părinte curajos, ca să-ți asumi riscul de a lăsa copilul să facă propriile alegeri.

Părinții sunt singurii care pot bate telefoanele și tabletele

„Vai, copilul meu e dependent de tabletă. Nu mai știu ce să fac cu el, toată ziua e cu ochii în telefon… Generația asta se uită la televizor din primele luni. Copilul meu nu se mai joacă cu altceva, nu face mișcare, nu iese afară, stă toată ziua cu ochii în ecran."

Îți sună cunoscut? Auzi asta la fiecare pas. Zi de zi. Fix de la acei părinți care, ghici ce? Se duc la restaurant și, după ce se așază pe scaun, îi dau copilului telefonul să se joace, ca să aibă și ei puțină liniște să stea de vorbă. Urcăm în mașină, gata de drum și… ce facem? Îi punem copilului tableta în brațe, ca să ne asigurăm liniștea cât mai mult timp. Știu oameni care și-au montat monitoare pe spătarul scaunelor și, de cum intră în mașină, pun DVD-uri cu desene animate să aibă ei timp să se bucure de peisaje. Să umbli cu copilul după tine e foarte simplu, atât timp cât el stă cu ochii în diverse monitoare și, din când în când, îți mai întrerupe gândurile despre partener, firmă, părinți, vecini, facturi, rate, mașină, telefon, postări pe Facebook, like-uri, proiecte, evenimente, planuri… Mai auzi din când în când câte un „mamăăă" suficient de lung cât să te scoată din lumea ta. Și nu înțelegi ce-i cu el? Care este problema? Doar i-ai creat toate condițiile să stea cuminte! Ce mai vrea copilul ăsta?

Atenție! Să vorbim cu el. Să cântăm cu el. Să râdem cu el. Să-i povestim și să-i ținem atenția trează. Să-i arătăm drumul pe care mergem și să-i descriem peisajele pe lângă care călătorim. Să ne oprim pe câte-o margine de drum să ne bucurăm de o pădurice sau de o găină, de un miel sau chiar de o văcuță la păscut. Să mâncăm un sendviș într-o parcare și, în timp ce mâncăm împreună, să povestim. Crezi că e fericit cu punga de chipsuri pe care i-ai plantat-o în scaunul de la mașină? Nu. Dar nu are de ales. Crezi că e fericit cu filmul pe care îl vede a șaptea oară? Nu. Dar nu are de ales. Dacă l-ai întreba: „Vrei să te uiți la un DVD sau să ne jucăm ceva împreună?", sunt sigură că va alege să se joace.

De ce nu-și iau copiii ochii din tabletă? Pentru că tableta nu-și ia ochii de la ei. Iubesc tabletele pentru că nu pleacă nicăieri. Tableta le dă atenție, e în fața lor, răspunde atunci când ei întreabă.

Tableta și ecranul telefonului nu-i spun celui mic: „Am treabă, joacă-te singur, descurcă-te, sunt ocupat acum." Interdicția nu ajută la nimic. Doar le crește dorința de a face și mai mult ce nu au voie.

„Cu ce putem înlocui gadgeturile?" m-a întrebat o mămică într-o conferință. Cu tine, mami! Doar tu poți să fii mai atractivă decât e jocul de pe telefon, decât e desenul de la televizor sau filmulețul de pe tabletă.

Părinții prezenți, părinții conectați cu copiii lor, părinții activi și gata să comunice cu cei mici, sunt singurii pentru care copiii își vor pune jos tabletele și telefoanele și vor închide orice filmuleț de la televizor.

Niciun gadget nu-i mai tare decât mami și tati.

Pentru un băiețel de patru ani, tati e un înger și e mereu pe umărul lui stâng

Așa i-a spus un băiețel bunicii lui. Că tati al lui e un înger și că e tot timpul pe umărul lui stâng. Și bunica s-a speriat. A venit din Vadu la Constanța să se întâlnească cu mine la „Antrenorul Părinților". Ea, de capul ei. A fost o lumină în sală. Cuminte, înțelegătoare, m-a aprobat și m-a susținut toată conferința. S-a jucat „clopoțel", și Aramsamsam, și Rempompi, iar, la final, a venit să-i dau autograf pe cartea mea *Pledoarie pentru mami și tati.*

A oftat zdravăn și-apoi și-a deschis sufletul:

— Am mare nevoie de ajutor. Nu mai știu cum să o scot la capăt cu nepoțelul meu. Nu înțelege de ce tatăl lui s-a dus în cer. E furios, se ceartă cu noi. Ne întreabă mereu de ce bunicul s-a întors de la spital și tati nu...

— Câți ani are?

— Patru ani și jumătate.

Am încercat să-i explic că pentru un copil de patru ani și jumătate, care rămâne fără tată, sentimentul de furie este normal. Și că treaba celor mari e să-l lase să-și consume furia, având grijă să nu-și facă rău lui și altor oameni.

Eu nu sunt psiholog. Dar m-am priceput să gestionez câteva situații problematice cu copiii din viața mea și din viața celor apropiați mie. Pot spune doar ce-aș face eu într-o astfel de situație, așa cum i-am spus și bunicii. În general, noi, oamenii mari, ne speriem când copiii vin și ne spun lucruri pe care nu le putem controla. Când nu mai e ceva palpabil, de arătat, gustat, simțit, ne părăsesc ideile pentru explicații.

Buni e credincioasă. Și își iubește nepotul, și-ar da viața pentru el... Dar e speriată când cel mic îi spune că tati e un înger care stă pe umărul lui stâng.

— Știți, seara la culcare, el îmi zice: „Buni, îți spun o poveste, dar să nu te superi, că o să fie o poveste tristă", zice bunica, povestind în continuare. Îmi spune în fiecare seară o poveste care începe cu: „A fost odată un tată care a urcat la cer...", și eu nu mai știu ce să fac, mi se rupe sufletul...

— Buni, ai încercat să-i spui și tu o poveste? o întreb, încercând să-mi imaginez ce-aș fi făcut eu în locul ei.

— Nu, pentru că vrea să vorbească numai despre tati.

— Spune-i o poveste despre tatăl lui... Dacă el zice că o să-ți spună o poveste tristă, tu o să-i spui una veselă. Și el încă una tristă, și tu încă una veselă... și, într-o zi, va prelua toate poveștile tale ca fiind ale lui, pentru că abia așteaptă să pună în memoria lui povești vesele despre tati. Vorbește-i despre cum tatăl lui e acum în echipă cu toți îngerii care ajută oamenii de pe pământ. Au grijă de păsări, de cățel, de găini, de flori și de zăpadă... Până și pe Moș Crăciun tot ei îl ajută să ajungă la toți copiii... Fă-l pe tati un înger-erou. Adu-l în poveștile tale, nu-l alunga din viața nepotului, pentru că el oricum e prezent mereu în mintea și în inima lui.

— Păi da, îmi zice bunica... fix așa zice, că tati al lui e un înger care stă pe umărul lui stâng...

— Ai văzut, Buni? Și tu nu-l crezi, nu-i așa? De ce nu-l crezi? Nu tu l-ai învățat *Îngerașul*? Ți-e frică? Ai încredere în ce simte copilul. Ei văd și simt lucruri pe care noi nu le mai pătrundem. Transformă-i situația într-un avantaj. Copiii ceilalți au tații pe pământ, dar, de fapt, stau foarte puțin cu ei. În timp ce tatăl lui e acolo, pe umărul lui stâng, în fiecare secundă.

O să țin minte toată viața îmbrățișarea acelei bunici. Lacrimile din ochi și emoția din glas. A plecat de parcă i-aș fi ridicat o perdea de ceață de pe ochi.

— Știam că Dumnezeu lucrează prin oameni. L-am rugat să-mi arate o cale și m-a trimis aici. Vă mulțumesc, să vă dea Dumnezeu sănătate, au fost cuvintele cu care bunica s-a desprins din brațele mele și s-a dus la nepotul ei să-i spună povești despre tati, îngerul-erou.

Petrece cu copilul tău timpul de care are el nevoie, nu timpul de care ai nevoie tu

În cei mai mulți dintre părinți încolțește și se dezvoltă un sentiment de vină pentru puținul timp pe care îl petrec cu copiii lor. „Aș vrea să am mai mult timp pentru el“, „Aș vrea să stau mai mult cu ea“, aud asta foarte des de la părinții copleșiți de imensitatea de activități la care trebuie să facă față zilnic.

În agenda de obligații și de activități copilul e pe ultimele poziții. Deși spunem că sunt lumina ochilor noștri, soarele, aerul, oxigenul… viața noastră, ne facem, de fapt, timp pentru multe alte lucruri înainte de a ne face timp pentru ei. Găsim răgaz să vorbim cu tot felul de persoane, răspundem la cele mai absurde întrebări care ne sunt adresate pe e-mail, prin SMS-uri sau pe Facebook de către niște străini, iar când vine rândul copiilor noștri să ne întrebe, suntem deja obosiți de atâtea răspunsuri date.

Dacă facem un calcul simplu câtor oameni le-am răspuns într-o zi, pe diverse teme și canale, ne va da un scor care explică oboseala cu care noi, de obicei, ajungem acasă. Și peste acest rezultat vor veni și întrebările pe care ni le punem nouă.

Iartă-mă dacă astăzi vin și eu cu o întrebare. Nu o să te întreb cât timp stai cu copilul tău. O să te întreb care timp îl petreci cu el: cel în care are el nevoie de tine sau cel în care tu ai nevoie să stai cu el?

Foarte rar se întâmplă să se suprapună cele două nevoi. Când stăm pentru nevoia lui, e destul de simplu să gestionăm lucrurile. El are o singură nevoie: să fie iubit. Și tot ce facem cu el și pentru el, când suntem împreună, se traduce prin: „Mama mă iubește, tata stă cu mine."

Când stăm pentru nevoile noastre, îl abordăm în funcție de sentimentul pe care vrem să-l hrănim sau să-l alinăm. Stăm din iubire, stăm din nevoie, stăm din obligație, stăm dintr-un sentiment de responsabilitate, stăm pentru că am citit undeva sau ne-a spus cineva că trebuie să facem asta, stăm pentru că știm că asta fac și alți părinți, pentru că nu avem de ales, pentru că am descoperit bucuria de a petrece timpul cu el…

Dacă de fiecare dată când stăm cu copiii noștri, încercăm să identificăm motivul pentru care stăm cu ei, o să vedem contextul limpede și o să ne fie mult mai ușor să ne bucurăm sau să acceptăm situația.

Dacă vom reuși să fim onești cu noi, vom fi onești și cu ei. Iar asta ne va face și unora, și celorlalți viața mai ușoară și mai frumoasă.

Pune-ți ambiția cu tine, nu cu copilul tău!

Sunt o persoană extrem de ambițioasă. Când îmi propun ceva, nu-mi stă nimic în cale. Nu întotdeauna, în schimb, am aplicat această capacitate în folosul meu.

Mi-am pus ambiția cu tot felul de oameni și situații. Mi-am pus ambiția cu ai mei și ei cu mine. Mi-am pus ambiția cu șefii și cu subalternii, cu iubirile mele și cu copilul meu. Mai ales cu el. Mi-am pus ambiția pentru tot felul de cauze, ce-mi aparțineau doar mie și, de multe ori, ea nu înțelegea nimic din aceste ambiții. A intrat în hora lor. S-a dus puțin la balet, la baschet, la înot, la pian și la ce nu s-a dus. Ea le-a încercat pe toate. Dar, când se plictisea, eu întindeam de ele cât puteam de mult, încercând să-i pun eu ambiția în ceva ce ea nu dorea să și-o pună.

Într-o zi, mi-am luat ambiția, care umbla brambura prin vecini, și mi-am pus-o la treabă, să muncească pentru mine. Așa mi-am pus ambiția să nu mai fumez. M-am lăsat într-o zi și imediat s-au făcut șapte ani de atunci. Mi-am pus ambiția să fac cea mai tare trupă pentru copii. Apoi mi-am pus ambiția să călătoresc în toată lumea. Și mi-am pus ambiția să fac tot ce simt. Și cel mai tare mi-am pus ambiția la slăbit. Aici, sărăcuța, e cea mai încercată. Mai trebuie să o pun să realizeze câteva lucruri. Nu-mi mai pun ambiția cu niciun om, în nicio relație.

Am ales să fiu egoistă. Folosesc ambiția doar pentru mine. Și uite-așa, în loc să mă urască oamenii cu care îmi puneam ambiția, îmi fac mie viața tot mai frumoasă.

Ia-ți ambiția înapoi, de oriunde ai lăsat-o. Repatriază-ți ambiția. Scoate-o din orice combinație care implică o altă persoană. Ambiția trebuie să îți fie fidelă. Dacă o vezi trăgând cu ochiul în altă ogradă, ține-o ocupată cu viața ta. Încet, încet o să se învețe minte să nu-și mai consume energia aiurea. Fă din ambiția ta un prieten fidel, nu dușmanul celorlalți.

Relația cu tatăl copiilor stă în mâinile mamei

O mamă are în puterea ei și relația copilului cu tatăl. Pentru că ea știe cel mai bine cum să împacheteze orice lucru îl comunică. Pentru că mama are toată mierea din voce și toată dragostea prinsă în cele două mâini cu care mângâie.

O mamă știe exact ce, când, cui și despre ce să vorbească. Dacă mama vrea să-i construiască bărbatului un cadru bun, în care el să dezvolte o relație cu copilul, poate să o facă. Eu am reușit asta și nu sunt cu nimic mai bună, mai specială sau mai deșteaptă decât altă mamă din lume. Dacă eu am putut, poate oricine, crede-mă.

În mâinile mamei stă tot secretul. Nu contează cât de prezent fizic este tatăl în viața copilului. Nu contează cât de responsabil e. Nu contează cât știe și cât nu știe despre copilul lui. Sunt foarte puțini bărbații cărora instinctul patern li se declanșează în momentul în care află că vor deveni părinți. În cele mai multe cazuri, bărbații sunt speriați, îngroziți de tot ceea ce vine la pachet cu copilul. La un moment dat, își dau seama că nu e o întâmplare, că plânsetele acelea se vor auzi multe zile, că oricând se poate strecura în patul conjugal o mogâldeață care să-i dea planurile peste cap.

Se pricep și bărbații să facă biberoane și să schimbe scutece, dar cei mai mulți vor rămâne toată viața mâna a doua. E ca în chirurgie. Ca atunci când îți lași viața în mâinile doctorului, nu în mâinile asistentului, mâna a doua. Întotdeauna vei vrea să știi cine e chirurgul. Așa e și cu părinții. Tatăl rămâne toată viața mâna a doua. Gata oricând să intervină dacă e nevoie să-l susțină pe doctorul principal. Dacă operația e reușită, felicitările le primește doctorul principal. Dacă situația nu e roz, tot el răspunde. Rar, foarte rar întâlnim operații în care secundul e mai bun decât principalul. Sunt excepții de la regulă, tocmai de aceea nici nu insistăm prea mult pe ele. Dar insistăm pe situația principală, în care mama—chirurgul principal, trebuie să înțeleagă că stă în bisturiul ei să taie și să coasă frumos relația pe care copilul o poate avea cu secundul. Pentru că nu se știe niciodată când secundul trebuie să vină în linia întâi.

Pentru bărbat, creșterea și îngrijirea copilului zi de zi, oră de oră, minut de minut, nu reprezintă un mod de viață. Dacă întrebi zece bărbați care e relația în care investesc cel mai mult timp, o să ai surpriza să afli că nu e cea cu copilul. În schimb, mama dedică acestei relații aproape tot timpul din lume. Toată viața. Din momentul nașterii copilului mama va face prioritară relația cu copilul ei, încercând să o facă din ce în ce mai bună.

Mama crește împreună cu copilul ei. În timp ce-și cunoaște copilul, mama își descoperă limitele într-o lume infinită. Pentru că află, știe, înțelege mult mai multe. Pentru că simțul o trimite spre cele mai bune alegeri pentru copilul ei, o mamă poate să facă bună sau proastă relația copilului ei cu tatăl. Sunt rare situațiile în care tații sunt cei care își ajută copiii să aibă o relație bună cu mamele lor... Eu cred că știu vreo doi-trei bărbați care au înțeles mai bine decât partenerele lor care e interesul copilului și pe care nu-i interesează lupta dintre oamenii mari. Indiferent dacă sunt împreună sau despărțiți, indiferent dacă părinții biologici au alte soții, alți soți, chiar și alți copii, mamele copiilor sunt singurele care pot să-i ajute pe cei cu care au făcut copiii să rămână în viețile copiilor lor.

Cred cu fermitate că o femeie, atunci când rămâne însărcinată, primește voință și tărie, putere și înțelepciune să facă tot ce este mai bine pentru copilul ei.

Scrisoare către Moș Crăciun

Îți scriu scrisoarea pe care nu ți-am scris-o niciodată. O scrisoare care așteaptă de vreo patruzeci de ani să fie scrisă. Și probabil cam tot de-atunci o aștepți și tu. Nu am făcut-o până acum pentru că nu mi-a fost clar ce vreau de la tine. Nu m-am oprit în niciun an din malaxorul în care trăiam ca să mă uit în jurul meu și să mă gândesc la ce vreau eu, nu la ce-mi spun alții că ar trebui să vreau.

Ți-am cerut an de an liste întregi de obiecte. De la jucăriile, pe care le doream atunci când eram copil, până la poșetele, mașinile, casele, vacanțele pe care mi le-am proiectat adult fiind. Din păcate, am făcut asta mai departe și cu copilul meu. Și așa am învățat-o de mică, eu și toată societatea asta din jurul ei, să ceară, cu liniuță, lucruri pentru ea, pentru mine, pentru tatăl ei, pentru bunicul, bunica, pisoiul prietenei și cățelul vecinilor... Iar listele astea au fost deseori motiv de supărare, pentru că tu nu reușeai de fiecare dată să ne trimiți toate obiectele trecute acolo în ordinea importanței lor.

De data asta îți scriu eu, din inima mea, independent de toată lumea care ne înconjoară. Și te rog, din tot sufletul, să pui în desaga ta de anul ăsta câteva lucruri care ne lipsesc mai mult decât toate jucăriile, și poșetele, și parfumurile de pe rafturi.

Te rog, Moșule, să aduci tuturor părinților din România un gram de înțelepciune și două grame de răbdare. De ce două grame de răbdare? Pe primul îl vom folosi ca să fim mai îngăduitori cu noi, iar pe al doilea îl vom folosi pentru copiii noștri. Te rog, Moșule, să pui în cadoul de anul acesta și câteva grame de inspirație. O să le folosim uneori deodată și alteori pe rând. Avem nevoie de inspirație când ne jucăm cu copiii, când le povestim despre lume și viață și când vrem să înțeleagă mai repede lucruri pe care noi le-am înțeles mai târziu.

Avem nevoie de inspirație să spunem exact cuvintele care ajung acolo, în inima lor, și îi ajută să meargă frumos mai departe. Te rog anul acesta, Moșule, să nu uiți să ne aduci niște memorie. Avem nevoie să ne amintim zilnic că nu ne creștem copiii pentru noi, ci îi creștem pentru ei. Că pruncii noștri nu ne aparțin, noi le suntem doar ghizi în călătoria lor. Putere — să nu uiți să-mi pui în pachet! Putere să mut și munții dacă e nevoie pentru copilul meu, putere să fac alegerile cu sufletul, putere să stau de partea lui și când toată lumea îi este împotrivă.

Te rog să-mi amintești de recunoștință! Eu o pierd uneori și nu mi-ar strica niște rezerve. Așa, cât să-mi ajute să-mi amintesc zilnic că sunt norocoasă că am o inimă plină de iubire. Și că atunci când gândesc cu inima iau cele mai bune decizii, iar când las inima să simtă, îmi dau seama că nu-mi lipsește nimic.

Și aș mai vrea să te rog ceva. În cadoul ăsta pune o portocală. E suficient să-mi amintesc de toate pachetele tale de când eram copil și când lângă mine erau mama și tata cu toată iubirea și simplitatea lor, iar tu nu uitai niciodată să lași sub brad și portocala care ascundea în mirosul ei toată duioșia Crăciunului.

Pentru copilul meu pune ce poți. Oricum scrisoarea ei o să fie cu totul altfel în acest an. Pentru că eu am înțeles între timp că noi, părinții, suntem modelele copiilor noștri. Și când ea va afla ce ți-am cerut, cu siguranță își va revizui toată lista. Și va lăsa mai mult loc pentru lucrurile dragi sufletului ei și nu pentru obiectele pe care le vede prezentate pe toți pereții și pe toate ecranele. Va învăța și ea să-ți ceară mai multe daruri care să-i rămână în suflet și mai puține obiecte care să se umple de praf uitate pe un raft. Îți doresc, Moș Crăciun, să duci iubire în toate casele, înțelepciune în toate inimile de părinți și bucurie în sufletele copiilor. Și îți mulțumesc. Că exiști. Așa. Pur și simplu.

Școala nu se face pe viață și pe moarte

„Am vrut să mă sinucid pentru că nu am luat Bacul. Nu sunt o elevă slabă, dar am avut o zi proastă la una dintre materii. Mi-am făcut familia de rușine. Mama își pleca privirea când o întreba cineva dacă am luat Bacul."

Mi-a povestit cu lacrimi în ochi o tânără care a rămas profund marcată de acest subiect. Și-a luat examenul în toamnă, dar a avut o vară în care a simțit privirile acuzatoare ale celor din casă.

„Ne-ai făcut de râs" sunt cuvinte care pot rupe relația dintre părinți și copii. Sunt cuvinte care îi pot îndemna pe cei mici să facă gesturi necugetate. Anumiți copii fac față singuri. Ei nu au nevoie de niciun suport, de nicio susținere. Sunt copii „azimut": își fixează ținta și nimeni și nimic nu-i poate opri. Dar sunt și copii care au nevoie de sprijin. E ca în cazul unor handicapuri fizice. Unii copii se nasc și aleargă la vârsta de un an de nu-i poți prinde, iar alții au nevoie de un cadru pe care să-și țină mâinile până când li se întăresc oasele.

În cazul deficiențelor fizice e simplu. Vedem cu ochiul liber. Ne ducem la doctor, li se pune un diagnostic, urmează un tratament, cumpărăm cadrul sau căruciorul și începem fizioterapia. Știm cam ce demers putem face și facem. Pentru copiii cu deficiențe emoționale e mult mai greu de acționat. În primul rând, nu li se pune diagnostic. Lor li se pun etichete: slab, încet, rușinos, timid, introvertit, retras, inadaptat.

Școala, care ar trebui să fie medicul ce pune diagnosticul, nu îți dă nicio rețetă și tratăm problema copilului după ureche. Sau sunt situații în care școala atrage atenția părintelui, iar acesta refuză să accepte că are niște probleme de rezolvat. Ori acceptă și ridică din umeri pentru că nu înțelege, nu știe, nu poate. De regulă, „am făcut tot pentru el" se traduce prin

„i-am asigurat casă, mâncare, haine curate, i-am luat meditatori".

Copiii cu probleme emoționale au nevoie să se sprijine pe singurul cadru care poate să le dea încredere să facă pași: părintele. Dacă părintele nu e lângă ei cu toată ființa și cu toată dragostea, copiii vor face pași în viață căutând cu disperare să se prindă de ceva. E foarte greu să accepți că ai un copil cu nevoi emoționale speciale. Parcă acceptăm mai ușor nevoile fizice decât pe cele emoționale. Pentru că a doua categorie ne schimbă. Ne obligă să-l înțelegem pe el, înțelegându-ne pe noi. Ne întinde limitele și ne forțează puterile.

Dacă vrei să-ți ajuți copilul, care emoțional are nevoie de mai multă susținere decât alții, fă-l să simtă că ești acolo. Că ești de partea lui și că îl iubești așa perfect de imperfect. Spune-i copilului că școala este doar o etapă din viața lui. Și nu e ceva din care se moare. E ceva din care se învață. Și la care se poate reveni oricând. O facultate se poate face și la douăzeci de ani, și la patruzeci de ani, la ce vârstă dorești. Sau niciodată. O limbă străină se poate învăța și la cinci ani, și la cincizeci de ani. E important să învățăm cât mai multe lucruri. Dar nu toate lucrurile importante se învață în școală. Poți să iei Bacul cu nota 10 și să clachezi în timpul unei situații simple de viață, cu care tu nu te-ai mai confruntat și pe care nu știi să o gestionezi.

Școala ar trebui să nască și să crească visurile unui copil. Nu să le îngroape. Școala e parte din viață. Nu născătoare de moarte.

Toate fetițele vor să fie prințese

Toate fetițele vor să fie prințese sau zâne. A mea dorea să fie ursitoare. Pentru că ursitoarele noastre erau și zâne, și prințese, și fete care duceau veștile bune și urările frumoase copiilor botezați.

Când avea vreo patru anișori, Maya privea cu ochii mari și aproape uitând să respire repetițiile fetelor. A învățat textul înaintea multora dintre ele. Momentul în care se machiau, se coafau și îmbrăcau rochiile pline de volane, dantele și voal era pentru ea ceva magic.

— Mama, când o să fiu mare o să pot și eu să fiu ursitoare?

A avut răbdare zece ani. I-am promis că va putea face asta după ce va intra la liceu. Nu mă întrebați de ce i-am spus asta atunci, astăzi mi se pare cel mai potrivit moment să facă asta.

Până să îmbrace costumul de ursitoare și să fie una dintre fetele care lasă gânduri bune unui bebeluș, Maya a făcut diverse alte lucruri prin firmă.

Pe la șase ani și-a câștigat banii de înghețată făcând curat în birou. Ștergerea prafului, aspiratul, măturatul, aranjatul recuzitei sau punerea în ordine a hârtiilor de pe birou erau atribuțiile ei.

Pe la opt ani a fost, o perioadă, asistenta mea personală. O lăsam să răspundă la telefon (între anumite ore), iar ea, conștiincioasă, nota numele persoanelor care m-au căutat și motivul apelului: „Bună, sunt Maya, mama nu poate să vorbească. Cine sunteți și ce să-i transmit?“

Sigur că am rugat câteva prietene să o sune și să ia foarte în serios rolul ei, ca să prindă curaj, apoi chiar și-a făcut treaba de-adevăratelea.

Pe la zece ani a început să scrie texte, iar în paralel a învățat să facă *face painting*, cu asta se distra sâmbăta și duminica. A pictat nenumărați copii, iar ei o îndrăgeau foarte mult.

Așa că au trecut repede cei zece ani care au despărțit-o de costumul de ursitoare.

Când a sosit ziua cea mare a fost extrem de emoționată. Nu a fost ușor, pentru că avea de susținut trei spectacole unul după altul și pentru că știa exact că va avea toți ochii pe ea și că fiecare vorbă va fi atent cântărită de cei prezenți.

A făcut față cu bine. Nu știu prea multe detalii, pentru că era foarte obosită când a ajuns acasă târziu în noapte. Dar era foarte fericită și emoționată.

Dacă vă nimeriți la vreo petrecere și ea e în echipa ursitoarelor, o veți recunoaște foarte repede: e caldă și bună, talentată și foarte frumoasă.

Sunt o norocoasă să fi făcut ceva în care propriul meu copil să se simtă bine și din care să-și dorească să facă parte.

Trăiesc cea mai frumoasă dintre toate iubirile posibile

Nu credeam că voi ajunge vreodată să trăiesc ceva sfâșietor de frumos. Că o să iubesc în felul acela în care să simt fiecare celulă cum respiră viață. Nu credeam că în viața mea poate să apară o persoană pentru care să am sentimente atât de intense și atât de frumoase.

Suntem de șaisprezece ani împreună și iubirea dintre noi e mai mare și mai frumoasă cu fiecare an. Până unde poate să crească? E ca un aluat care dospește și crește în fiecare zi.

Mă uit la Maya și înțeleg că există în noi acea capacitate de a iubi imens și profund. Cu cât o iubesc mai mult, cu-atât o iubesc mai adânc. Cu cât o iubesc mai tare, cu-atât o iubesc mai liniștit. Există în noi această capacitate de a iubi complet. Există oameni pe care îi putem iubi abandonându-ne toate limitele și frânele în oceanul de iubire.

Apar în viața noastră oameni care scot la lumină toată frumusețea lumii ascunsă în noi. Uneori sunt străini cu care nu avem nicio legătură de sânge. Alteori sunt carne din carnea noastră. Eu trăiesc iubirea perfectă.

O iubesc pe Maya cu totul. Pur și simplu. În fiecare zi mai mult, mai frumos, mai tare. O descopăr clipă de clipă și mă îndrăgostesc de ea din nou, și din nou, și din nou. Și asta îmi dă speranță că, într-o zi, va mai apărea în viața mea cineva care să trezească în mine o iubire la fel de mare și de frumoasă. La fel de profundă și de completă.

Dacă ai reușit o dată măcar înseamnă că poți. Că ai această capacitate. Trebuie doar să ai și cu cine.

Vreau ce e mai bun pentru copilul meu și eu nu mai sunt acum acel lucru

Eu am avut un astfel de moment. Viața mea era într-o mare derivă, îmi era mintea doar la cum să înot în marea de probleme în așa fel încât să ajung cumva la liman. Copilul era afectat de starea mea de supărare și de stres. Am strâns din dinți și am lăsat-o la părinții mei până când mi-am aranjat treburile.

Bunicii ei erau, în acel moment, tot ce era mai bun pentru ea. Sigur că îi era dor, iar pe mine mă durea carnea de dorul ei, dar mi-am dat acel răgaz de care aveam nevoie să așez lucrurile astfel încât ea să se bucure de cea mai bună variantă a mea. Mama și tata reprezentau, în acea perioadă din viața mea, siguranța, pacea, bucuria și răbdarea de care ea avea nevoie. Și au primit-o cu brațele deschise.

Eu eram blocată într-un punct care nu mă lăsa să merg mai departe. Am alcătuit o poveste frumoasă, potrivită sufletului ei și am asigurat-o de toată dragostea mea, promițându-i că vom recupera fiecare zi pierdută, dar asigurând-o că nu vom pierde momente importante și vom câștiga bucurii viitoare.

După câteva luni, mi-am ridicat viața de pe traverse și am pus-o înapoi pe linie. Să ai puterea să recunoști că, într-un anumit moment, nu ești lucrul cel mai bun din viața copilului și-apoi să cauți soluții, indiferent ce renunțări implică, cred că e una dintre cele mai grele încercări pe care le poate avea de trecut un om într-o viață.

Tatăl ei, atunci când ne-am despărțit, a înțeles, a știut, a acceptat că eu sunt tot ce e mai bun pentru ea. Acum eu mă pregătesc să accept că, în curând, Maya va merge să studieze la Londra, iar el va fi tot ce poate fi mai bun pentru ea. În jurul meu, din ce în ce mai mulți oameni acceptă că nevoile copilului se schimbă și că un lucru, care astăzi era perfect pentru el, mâine s-ar putea să nu mai corespundă.

Cunosc femei care își lasă copiii la tații lor, pentru că ei sunt, în acel moment, tot ce e mai bun pentru ei. Am prieteni care, deși au obținut custodia copilului, l-au lăsat în grija celuilalt părinte până când copilul a ales singur ce e mai bun pentru el. Cunosc situații în care copilul l-a ales pe tată împotriva tuturor sentințelor definitive care îl dădeau mamei.

E tare greu să gestionezi o astfel de situație. Trebuie să-ți fie simțurile ascuțite și antenele deschise la maximum ca să poți analiza cu toată onestitatea situația în care te afli pentru a putea lua o decizie corectă.

Nu e ușor să accepți că ești praf și că celălalt părinte e, într-o anumită perioadă, tot ce poate fi mai bun pentru copilul tău. Nu e ușor să recunoști că, la un moment dat, bunicii sunt tot ce e mai bun pentru copilul tău.

Ca un om care a trecut printr-o astfel de alegere, recunosc, cu mâna pe inimă, că e mai simplu să îl tragi în furtuna ta decât să-i cauți liniștea și siguranța. Putem să trăim săptămâni, luni, ani în care să nu fim buni nici pentru noi, darămite pentru copiii noștri. În astfel de situații e minunat să avem puterea să alegem cu mintea pentru sufletul copilului nostru.

Să-ți păstrezi copilul într-o furtună de emoții și sentimente e ca și cum l-ai lăsa în furtună doar ca să fie cu tine. Pentru că nu te poți desprinde sau nu poți recunoaște că, în acel moment, tu ești uraganul de care trebuie să-l adăpostești.

Ce contează ce vor spune ceilalți? Dacă ar veni o tornadă, fiecare și-ar lua copiii în brațe sau i-ar arunca într-o barcă, încercând disperați să-i salveze. În situațiile excepționale acționăm pe cont propriu. Din fața uraganului scapă cine poate. Nu trebuie să dai socoteală că-ți salvezi copilul din fața uraganului, care poți fi chiar tu.

Vine o zi în care copilul tău își ia viața în propriile mâini

Eu mai am trei ani până la majoratul copilului meu. Doar trei ani. Mi-am dat seama de asta zilele trecute, când îmi spunea că abia așteaptă să împlinească optsprezece ani ca să se mute singură. Să muncească, să câștige bani și să-și plătească o chirie.

Doamne, cât de mult mi-am dorit și eu lucrul acesta! Nu s-a putut. Ai mei nu ar fi conceput așa ceva. „Ce-s prostiile astea?“ îmi zicea tata. „Cum să trăiești tu așa, de capul tău, să faci ce vrei tu fără să știm noi?“ era grija mamei.

A trebuit să fug de-acasă, să mă mărit, să divorțez și, pe la douăzeci și patru de ani, să fac ceea ce eu aș fi făcut de la optsprezece. Probabil, dacă ei m-ar fi susținut, n-aș mai fi trecut prin celelalte etape. Dar n-a fost să fie. Ei n-au înțeles că eu aș fi stat singură ca să-mi pot aranja camera cum vreau, ca să dau muzica tare, fără să vină nimeni să reducă volumul, ca să fac singură de mâncare și ca să invit prieteni la mine să stăm, să râdem și să ne distrăm. Ei asociau dorința mea de a locui singură cu „făcutul de cap“.

Când Maya mi-a zis că la optsprezece ani vrea să se mute singură, nu m-am gândit nicio secundă că vrea asta ca să-și facă de cap. M-am gândit cu groază că mai am doar trei ani până pleacă. Trei ani în care noi să facem împreună lucruri. Doar trei ani în care să mai vrea să vină în vacanțe cu mine, în care eu să mă bucur de ea sută la sută. Ideea că împlinește optsprezece ani și pleacă m-a îngrozit, dar din perspectiva mea, nu a ei.

Vorbind cu ea despre viața mea și încercând să-i răspund la întrebarea: „Nu suferi că nu există în viața ta un bărbat cu care să-ți petreci tot timpul?“, i-am spus că acel bărbat o să se bucure de timpul meu când o să vină momentul potrivit. Acum, timpul meu îi este dedicat ei. Și când mă gândesc că mai sunt doar trei ani până când puiul meu își ia zborul din cuib, parcă îmi vine să conserv fiecare zi și să mă bucur cu ea de toate lucrurile frumoase.

Habar n-am când au zburat cincisprezece ani din viața noastră. Dar sunt fericită pentru fiecare zi și am de gând să mă bucur de fiecare secundă cât mai sunt pe locul întâi pe lista ei de preferințe.

Cuprins